Spezialauftrag: Herzensbrecher

Gay Romance Sammelband

Alisa Kervano

© 2025
likeletters Verlag
Inh. Martina Meister
Legesweg 10
63762 Großostheim
www.likeletters.de
info@likeletters.de

Autorin: Alisa Kervano
Bildquelle: Midjourney

ISBN: 9783689490218

Teilweise kam für dieses Buch künstliche Intelligenz zum Einsatz.

Inhaltsverzeichnis

Leander und Zephyr

Im Rhythmus deines Herzens

Der Duft von Geschichten

Der Geruch von altem Leder und vergilbtem Papier war das Erste, was Leander jeden Morgen wahrnahm, wenn er die schwere Eichentür zu ‚Sonnes Bücherstube' aufschloss.

Es war ein Duft, der ihm seit seiner Kindheit vertraut war - so vertraut wie die abgenutzten Holzdielen, die unter seinen Schritten knarrten, oder das sanfte Klingeln der viktorianischen Türglocke, die sein Großvater vor fünfzig Jahren installiert hatte.

An diesem Frühlingsmorgen schien die aufgehende Sonne durch die hohen Schaufenster und malte goldene Muster auf den staubigen Holztresen. Leander atmete tief ein und ließ seinen Blick über die hohen Bücherregale schweifen, die sich wie geduldige Wächter an den Wänden entlang erstreckten.

Jedes Buch darin war eine Welt für sich, eine Geschichte, die darauf wartete, entdeckt zu werden.

«Guten Morgen, ihr Lieben», murmelte er den Büchern zu, wie er es jeden Tag tat. Seine Mutter hatte immer gesagt, Bücher seien wie alte Freunde - sie brauchten regelmäßige Zuwendung. Der Gedanke an sie ließ einen vertrauten Stich in seiner Brust aufkommen. Drei Jahre waren vergangen, seit sie den Laden an ihn übergeben hatte, kurz bevor…

Leander schüttelte den Kopf und zwang sich, den Gedanken beiseitezuschieben. Stattdessen konzentrierte er sich auf seine morgendliche Routine. Mit geübten Bewegungen schaltete er die antike Messinglampe auf dem Tresen ein, deren warmes Licht den Raum in bernsteinfarbene Gemütlichkeit tauchte.

Das schwere Verkaufsbuch - noch das Original seines Großvaters - lag aufgeschlagen vor ihm, die gestrige Seite gefüllt mit seiner ordentlichen Handschrift.

Während er die ersten Einträge des Tages vorbereitete, drifteten seine Gedanken zu dem Gespräch mit Emma vom Vorabend. Seine beste Freundin und Mitarbeiterin hatte wieder einmal versucht, ihn zu überreden, «mal unter Leute zu kommen», wie sie es nannte.

«Du kannst nicht dein ganzes Leben zwischen diesen Regalen verbringen, Lee», hatte sie gesagt, ihre Stimme voller gutmütiger Besorgnis. «Du bist siebenundzwanzig, nicht siebzig!»

Er wusste, dass sie es nur gut meinte. Aber wie sollte er ihr erklären, dass die Stille des Ladens, das Rascheln der Seiten, der endlose Strom von Geschichten ihm mehr Gesellschaft boten als jede lärmende Bar oder Party? Dass die Charaktere in seinen Büchern ihm vertrauter waren als die meisten Menschen?

Das Klingeln der Türglocke riss ihn aus seinen Gedanken. Emma trat ein, in der einen Hand ihren üblichen Kaffeebecher, in der anderen eine braune Papiertüte, aus der der verführerische Duft frischer Croissants strömte.

«Ich wette, du hast wieder nicht gefrühstückt», sagte sie zur Begrüßung und stellte die Tüte vor ihm ab. Ihre kurzen roten Haare leuchteten im Morgenlicht wie Kupfer.

«Guten Morgen, Emma», erwiderte Leander mit einem schiefen Lächeln. «Und danke. Du musst das wirklich nicht jeden Tag machen.»

«Doch, muss ich», konterte sie und lehnte sich an den Tresen. «Sonst verhungerst du noch zwischen deinen geliebten Büchern. Außerdem… » Sie zögerte kurz. «Ich wollte mich für gestern entschuldigen. Ich wollte dich nicht bedrängen.»

Leander schüttelte den Kopf.

«Schon gut. Ich weiß, dass du es nur

gut meinst.»

«Es ist nur… » Emma seufzte. «Seit deine Mutter gestorben ist, ziehst du dich immer mehr zurück. Sie hätte nicht gewollt, dass du dich hier vergräbst.»

Die Worte trafen ihn härter, als er erwartet hatte. Natürlich hatte Emma Recht - seine Mutter war immer voller Leben gewesen, hatte den Laden mit ihrer Energie und ihrem Lachen gefüllt. Wie oft hatte sie gesagt: «Bücher sind wunderbar, mein Schatz, aber das echte Leben findet zwischen den Seiten statt.»

Bevor er antworten konnte, kündigte die Türglocke einen frühen Kunden an. Leander drehte sich um und erstarrte.

Der junge Mann, der gerade eingetreten war, schien das Sonnenlicht mit sich zu bringen. Wilde dunkle Locken fielen ihm in die Stirn, seine gebräunte Haut sprach von Zeit im Freien, und sein strahlendes Lächeln ließ den Raum plötzlich heller erscheinen. Er trug ein schwarzes T-Shirt, das sich über breite Schultern spannte, abgenutzte Jeans und mehrere geflochtene Lederarmbänder. An seinem Handgelenk blitzte eine kleine Notenschlüssel-Tätowierung.

«Hi!», rief er mit einer Stimme, die so warm klang wie sein Lächeln aussah. «Ich suche ein Geschenk für meine Mutter. Etwas Besonderes.»

Leander brauchte einen Moment, um seine Stimme wiederzufinden. Er spürte Emmas amüsierten Blick in seinem Rücken. «W-willkommen in Sonnes Bücherstube», brachte er schließlich hervor. «Ich... ähm... hat Ihre Mutter bestimmte Interessen?»

Der Fremde kam näher, seine Bewegungen geschmeidig wie die eines Tänzers.

«Oh, sie liebt alles, was mit Gärten zu tun hat. Und bitte - nenn mich Zephyr. Das mit dem Sie macht mich nervös.»

«Zephyr», wiederholte Leander leise,

der Name fühlte sich an wie Musik auf seiner Zunge. «Ich bin Leander. Der Laden gehört meiner Familie.»

«Ein Familienbetrieb?» Zephyrs Augen leuchteten interessiert. «Das ist selten geworden. Meine Mutter würde sagen, solche Läden haben Seele.»

Leander spürte, wie seine Wangen warm wurden und vermutlich leicht röteten.

«Drei Generationen», erklärte er, während er um den Tresen herum zur Abteilung für Gartenbücher ging.

Er war sich Zephyrs Präsenz hinter sich überdeutlich bewusst - ein leichter Duft nach Zitronen und etwas Holzigem, so anders als der gewohnte Geruch von altem Papier.

«Mein Großvater hat den Laden 1952 eröffnet», erzählte er weiter, froh darüber, sich auf vertrautes Terrain zu begeben. «Damals war Fabelrode noch eine verschlafene Kleinstadt. Er meinte immer, jede Stadt braucht einen Ort, wo Geschichten zu Hause sind.»

«Fabelrode», wiederholte Zephyr nachdenklich. «Je länger ich hier bin, umso mehr stelle ich fest, wie gut der Name passt. Die ganze Stadt wirkt wie aus einem Märchenbuch.»

«Du bist neu hier?» Leander griff nach einem großformatigen Band über historische Gartenkunst, nur um seine zitternden Hände zu beschäftigen.

«Seit ein paar Monaten», nickte Zephyr. «Ich brauchte einen Tapetenwechsel. Fabelrode schien der richtige Ort dafür - klein genug, um zur Ruhe zu kommen, groß genug für... » Er stockte kurz. «Für neue Möglichkeiten.»

Etwas in seiner Stimme ließ Leander aufhorchen. Da war eine Sehnsucht, die er selbst nur zu gut kannte. Er wagte einen Blick über seine Schulter und bereute es sofort - Zephyrs braune Augen trafen seine mit einer Intensität, die ihm den Atem raubte.

«Hier», sagte er hastig und reichte

Zephyr ein wunderschön illustriertes Buch. «'Wilde Gärten - Naturparadiese gestern und heute'. Es ist neu erschienen und verbindet praktische Tipps mit kulturhistorischen Hintergründen. Die Autorin hat auch die Geschichten und Legenden verschiedener Gartenblumen gesammelt.»

Zephyr nahm das Buch entgegen, seine Finger streiften dabei kurz Leanders. Ein kleiner Stromschlag schien zwischen ihnen überzuspringen.

«Das klingt perfekt», sagte er begeistert und begann, durch die Seiten zu blättern. «Sieh dir diese Illustrationen an! Wie Gemälde… »

Seine offene Begeisterung war ansteckend. Leander ertappte sich dabei, wie er näher trat, um mit ihm die Bilder zu betrachten.

«Hier», zeigte er auf eine besonders schöne Darstellung, «das ist ein mittelalterlicher Klostergarten. Jede Pflanze hatte eine symbolische Bedeutung.

Rosen standen für die Liebe, Veilchen für Bescheidenheit… »

«…und Lavendel für Hingabe», ergänzte Zephyr überraschend. Als Leander ihn erstaunt ansah, lachte er. «Hey, ich mag vielleicht nicht so aussehen, aber ich hatte eine sehr traditionsbewusste Großmutter. Sie konnte stundenlang über die Sprache der Blumen referieren.»

«Die Bedeutung der Dinge liegt nicht immer an der Oberfläche», murmelte Leander, mehr zu sich selbst.

«Nein», sagte Zephyr leise, «das tut sie nicht.»

Ihre Blicke trafen sich wieder, und diesmal konnte Leander nicht wegsehen. Es war, als ob die Zeit für einen Moment stillstand, eingefangen zwischen Buchseiten und unausgesprochenen Möglichkeiten.

Das schrille Klingeln eines Handys durchbrach den Moment.

Zephyr zuckte zusammen und fischte

sein Telefon aus der Tasche.

«Tut mir leid, ich muss den annehmen», sagte er entschuldigend. «Das ist wegen der Arbeit.»

Leander nickte stumm und trat einen Schritt zurück, plötzlich unsicher, was gerade geschehen war. Er ging zum Tresen zurück, wo Emma so tat, als würde sie konzentriert Rechnungen sortieren.

«Hey», Zephyrs Stimme ließ ihn wieder aufsehen. Der junge Mann stand vor ihm, das Buch in den Händen. «Danke für deine Hilfe. Meine Mutter wird das lieben.» Er zögerte kurz. «Ich auch. Ich meine… ich freue mich darauf, mehr über Fabelrode zu lernen. Vielleicht… vielleicht kannst du mir ja mal mehr darüber erzählen?»

«Ich… » Leander spürte, wie sein Herz einen Sprung machte. «Ja, vielleicht.»

Ein strahlendes Lächeln breitete sich auf Zephyrs Gesicht aus.

«Großartig! Ich arbeite abends im

‚Mondschein', der Bar am Märchen-
platz. Komm doch mal vorbei?»

Bevor Leander antworten konnte, war
Zephyr schon zur Tür hinaus, das Klin-
geln der Glocke wie ein Echo seines
Lachens.

«Oh. Mein. Gott.» Emma tauchte neben
ihm auf. «Das war das Süßeste, was ich
je gesehen habe. Und du gehst in diese
Bar, Lee. Wenn nicht, werde ich dich
eigenhändig hinschleifen.»

Leander starrte noch immer auf die
Tür, durch die Zephyr verschwunden
war. Der Duft von Zitronen und Holz
hing noch in der Luft, vermischte sich
mit dem vertrauten Geruch der Bücher.

Zum ersten Mal seit langem fühlte der
Laden sich nicht nur wie ein Zufluchts-
ort an, sondern wie der Beginn von
etwas Neuem.

«Vielleicht», sagte er leise, ein kleines
Lächeln auf den Lippen. «Vielleicht
gehe ich wirklich hin.»

Der restliche Tag zog sich wie Sirup.

Leander ertappte sich immer wieder dabei, wie seine Gedanken zu der Begegnung am Morgen abdrifteten. Während er Bücher einsortierte, meinte er noch immer Zephyrs Lachen zu hören; beim Abstauben der Regale spürte er phantomgleich die flüchtige Berührung ihrer Finger.

«Du hast gerade zum dritten Mal dasselbe Buch in die Hand genommen», bemerkte Emma amüsiert.

Sie lehnte am Regal und beobachtete ihn mit einem wissenden Lächeln.

Leander stellte das Buch hastig zurück, seine Ohren brannten.

«Ich war nur… in Gedanken.»

«Mhm. In Gedanken an einen gewissen dunkelhaarigen Schönling mit Noten-schlüssel-Tattoo?»

«Emma!», zischte er und sah sich reflexartig um, als könnte jemand sie belauschen.

Der Laden war leer bis auf Mrs. Bergmann, die wie jeden Dienstag in der

Krimiecke schmökerte.

Emma lachte.

«Oh Lee, du bist so durchschaubar. Weißt du was? Ich kenne den ‚Mondschein'. Es ist nicht, was du wahrscheinlich befürchtest - keine laute Disco oder verschwitztes Partyvolk. Es ist eher eine Cocktailbar mit Live-Musik. Sehr stilvoll, sehr… literarisch sogar.»

Leander hob skeptisch eine Augenbraue.

«Literarisch?»

«Sie haben Leseecken mit Vintage-Sesseln, gedämpftes Licht, Jazz-Musik. Der Besitzer ist ein alter Hippie, der Gedichtbände zwischen den Spirituosen stehen hat.» Sie stupste ihn sanft an. «Komm schon, das klingt doch nach einem Ort, an dem du dich wohlfühlen könntest.»

Bevor Leander antworten konnte, kündigte die Türglocke einen neuen Kunden an. Ein älterer Herr im tadellosen grauen Anzug betrat den Laden, sein Gesicht wie aus Granit gemeißelt.

«Herr Bauer», grüßte Leander höflich, wenn auch ohne Wärme.

Der Vermieter des Gebäudes kam selten in den Laden, und wenn, dann brachte er meist schlechte Nachrichten.

«Herr Sonne.»

Bauers Stimme klang wie trockenes Laub. Seine wässrigen Augen musterten den Raum mit kaum verhohlener Missbilligung. «Ich sehe, Sie halten den Laden traditionell.»

Es war keine Frage, aber Leander antwortete trotzdem.

«Wir schätzen die Geschichte des Hauses, ja.»

«Gut, gut.»

Bauer trat näher an den Tresen, er roch nach Kölnisch Wasser und war umhüllt davon wie eine erstickende Wolke.

«Wissen Sie, die Zeiten ändern sich. Fabelrode verändert sich. Manche… » Er machte eine vage Handbewegung.

«Manche Elemente passen nicht mehr in unsere Vision für die Stadt.»

Leander spürte, wie sich sein Magen zusammenzog.

«Unsere Vision?», fragte er vorsichtig.

«Oh, Sie werden schon sehen.» Bauers Lächeln erreichte seine Augen nicht. «Übrigens - ich habe gehört, Sie hatten heute Morgen interessanten Besuch. Dieser junge Mann mit den wilden Haaren?» Er schnalzte missbilligend mit der Zunge. «Ich würde vorsichtig sein, mit wem Sie sich einlassen, Herr Sonne. Manche Verbindungen könnten geschäftsschädigend sein.»

Mit einem knappen Nicken wandte er sich ab und verließ den Laden. Die Türglocke klang diesmal wie eine Warnung.

Emma pfiff leise durch die Zähne.

«Was war das denn?»

Leander schüttelte den Kopf, seine Gedanken rasten.

«Ich weiß nicht. Aber es gefällt mir

nicht.»

«Umso mehr Grund, heute Abend in den ‚Mondschein' zu gehen», sagte Emma entschieden. «Wenn Bauer etwas gegen Zephyr hat, ist das in meinen Augen die beste Empfehlung.»

Leander starrte noch immer auf die Tür.

Bauers Worte hatten etwas in ihm geweckt - einen Trotz, den er seit dem Tod seiner Mutter nicht mehr gespürt hatte. Er dachte an Zephyrs strahlendes Lächeln, an die Wärme in seinen Augen, an die Art, wie er über Blumen und ihre Bedeutungen gesprochen hatte.

«Weißt du was?», sagte er langsam. «Du hast Recht. Ich gehe hin.»

Emmas überraschter Gesichtsausdruck verwandelte sich in ein breites Grinsen.

«Wirklich? Oh Gott, was ziehst du an? Warte, ich habe da ein paar Ideen… »

Während Emma begeistert Outfit-Vor-schläge machte, wanderte Leanders

Blick zu dem Buch über Gartenkunst, das noch auf dem Tresen lag. Zephyr hatte es in seiner Eile vergessen.

Ein Lächeln schlich sich auf seine Lippen. Vielleicht war das Schicksal ja doch mehr als nur eine literarische Konvention.

Alkoholfreie Cocktails

Der «Mondschein» lag in einer der älteren Gassen Fabelrodes, wo das Kopfsteinpflaster noch original war und die Straßenlaternen wie aus einem Dickens-Roman wirkten. Leander stand vor der unscheinbaren Tür, über der ein dezentes Neonschild in warmem Blau schimmerte. Seine Finger spielten nervös mit dem eingepackten Gartenbuch.

Emma hatte ihn in sein bestes dunkelblaues Hemd gesteckt («Es betont deine Augen!») und seine widerspenstigen hellbraunen Haare in eine, wie sie es nannte, «künstlerisch zerzauste» Frisur gebracht. Er fühlte sich verkleidet, wie ein Charakter in einem Theaterstück.

Aus dem Inneren der Bar drang gedämpfte Musik - ein Jazzsong, den er vage als einen Klassiker von Miles Davis erkannte. Das beruhigte ihn ein wenig. Vielleicht hatte Emma Recht gehabt mit ihrer Einschätzung des Lokals.

Mit einem tiefen Atemzug drückte er die Tür auf.

Der erste Eindruck überraschte ihn angenehm. Statt einer typischen Bar erwartete ihn ein Raum, der wie eine Kreuzung aus viktorianischem Salon und modernem Café wirkte. Hohe Bücherregale säumten die Wände, dazwischen alte Konzertplakate und abstrakte Kunstwerke. Vintage-Sessel und kleine Tische bildeten gemütliche Sitzgruppen, während die geschwungene Bar selbst wie ein Kunstwerk aus dunklem Holz und schimmerndem Messing wirkte.

Und dort, hinter der Bar, stand Zephyr. Er hatte das schwarze T-Shirt gegen ein dunkelrotes Hemd getauscht, die Ärmel hochgekrempelt, sodass seine Unterarme und das Notenschlüssel-Tattoo zu sehen waren. Mit fließenden

Bewegungen mixte er einen Cocktail, sein Gesicht konzentriert, aber entspannt.

Als hätte er Leanders Blick gespürt, sah er auf. Seine Augen weiteten sich überrascht, dann breitete sich ein strahlendes Lächeln auf seinem Gesicht aus. Er sagte etwas zu seinem Kollegen und kam um die Bar herum.

«Du bist gekommen!», rief er aus, seine Stimme eine Mischung aus Freude und Ungläubigkeit. «Ich hatte es gehofft, aber ich war nicht sicher.»

«Du hast dein Buch vergessen», sagte Leander und hielt das Paket hoch, sich sofort für diese prosaische Bemerkung verfluchend.

Aber Zephyr lachte nur.

«Ist das so? Wie unachtsam von mir.» Seine Augen funkelten verschmitzt. «Fast könnte man meinen, ich hätte einen Vorwand gesucht, dich wiederzusehen.»

Leander spürte, wie ihm die Röte ins

Gesicht stieg.

«Das… das wäre ziemlich raffiniert von dir.»

«Nun, ich habe meine Momente.» Zephyr deutete auf einen freien Platz an der Bar. «Darf ich dir einen Drink mixen? Etwas Spezielles, nur für dich?»

Die Art, wie er das sagte, ließ Leanders Herz schneller schlagen.

«Ich… ich trinke normalerweise nicht viel Alkohol», gab er zu.

«Perfekt!» Zephyr klatschte begeistert in die Hände. «Dann kann ich dir meine alkoholfreien Kreationen zeigen. Die sind nämlich meine wahre Leiden-schaft - jeder kann Wodka in Saft kippen, aber einen komplexen Drink ohne Alkohol zu kreieren, das ist Kunst!»

Er kehrte hinter die Bar zurück und begann, mit verschiedenen Flaschen und Gläsern zu hantieren. Seine Bewegungen erinnerten Leander an einen Tänzer oder vielleicht einen Dirigenten - jede Geste präzise und doch voller Anmut.

«Weißt du», sagte Zephyr, während er arbeitete, «als ich nach Fabelrode kam, dachte ich, ich würde hier nur zur Ruhe kommen. Mich neu sortieren.» Er goss eine blaue Flüssigkeit in einen Shaker. «Aber manchmal… manchmal findet man Dinge, nach denen man gar nicht gesucht hat.»

Er sah Leander direkt in die Augen, und in diesem Moment war die Bar um sie herum vergessen. Es waren nur noch sie beide, gefangen in einer Blase aus gedämpftem Licht und unausgesprochenen Möglichkeiten.

«Hier.» Zephyr stellte ein hohes Glas vor Leander. Der Drink schimmerte in verschiedenen Blautönen, gekrönt von einer kristallweißen Schaumkrone und einer einzelnen Blüte. «Ich nenne ihn ‚Mitternachtstraum' - inspiriert von den alten Geschichten über den Traumfänger-Turm.»

Leander sah überrascht auf.

«Du kennst die Geschichte?»

«Nur Bruchstücke. Etwas über einen magischen Turm, der die Träume der Stadt beschützt?» Zephyr lehnte sich vor, seine Augen neugierig. «Erzähl sie mir.»

Die Bitte war so aufrichtig, dass Leander nicht widerstehen konnte.

Während er einen vorsichtigen Schluck von dem Drink nahm - der überraschend komplex schmeckte, mit Noten von Blaubeere, Lavendel und etwas Würzigem - begann er zu erzählen. Von der jungen Weberin Elara, die den Turm erbauen ließ, von den Albträumen, die die Stadt plagten, und von dem gewaltigen Traumfänger, der noch heute über Fabelrode wachen soll.

Zephyr hörte gebannt zu, stellte kluge Fragen, lachte an den richtigen Stellen.

Zwischendurch bediente er andere Gäste, aber seine Aufmerksamkeit kehrte immer wieder zu Leander zurück, als wäre er ein Magnet.

«Du erzählst wunderbar», sagte er, als Leander geendet hatte. «Die Geschichte fühlte sich so lebendig an. Fast, als… » Er stockte, schien nach Worten zu suchen.

«Als ob sie wahr sein könnte?», schlug Leander vor.

«Ja, genau das.» Zephyr lächelte nachdenklich. «Weißt du, in meinen Songs versuche ich auch immer, Geschichten zu erzählen. Aber mit Worten tue ich mich manchmal schwer. Die Musik spricht ihre eigene Sprache.»

«Du schreibst Songs?»

«Versuche es zumindest.» Zephyr zuckte verlegen mit den Schultern. «Ich habe eine kleine Band. Wir proben in einem alten Lagerhaus am Stadtrand. Nichts Besonderes, aber… »

«Ich würde sie gerne mal hören», unterbrach Leander ihn, überrascht von seiner eigenen Kühnheit.

Zephyrs Gesicht hellte sich auf.

«Wirklich? Wir proben morgen Abend. Du könntest vorbeikommen, wenn du magst?»

Die Vorstellung, in einen Proberaum voller fremder Menschen zu gehen, ließ Leanders Angstschweiß ausbrechen. Aber Zephyr blickte ihn hoffnungsvoll an.

«Ich… ich weiß nicht, ob ich… »

«Hey.» Zephyr legte sanft seine Hand auf Leanders. «Kein Druck. Ich verstehe, wenn das nicht deine Welt ist. Aber manchmal… » Er lächelte warm. «Manchmal lohnt es sich, neue Welten zu erkunden. Das solltest gerade du als Bücherwurm doch wissen.»

Der Kontakt ihrer Hände sandte kleine Stromstöße durch Leanders Arm. Er wollte seine Hand wegziehen, wollte sich in seine sichere, wohlgeordnete Welt zurückziehen. Aber da war noch etwas anderes - ein Hunger nach mehr, nach Leben, nach…

«Okay», hörte er sich selbst sagen. «Ich

komme.»

Die Freude in Zephyrs Augen war wie Sonnenlicht nach einem langen Winter. Er kritzelte die Adresse und seine Nummer auf einen Bierdeckel.

«Morgen, neunzehn Uhr? Ich hole dich am Laden ab.»

Als Leander später durch die nächtlichen Straßen nach Hause ging, fühlte er sich wie in einem Traum. Der Geschmack von Zephyrs Drink lag noch auf seiner Zunge, die Wärme seiner Hand noch auf seiner Haut.

Über ihm ragte der Traumfänger-Turm in den Nachthimmel, seine Spitze im Mondlicht glitzernd.

Vielleicht, dachte er, war es Zeit für eine neue Geschichte.

Seine eigene.

Klänge und Dissonanzen

Die alte Standuhr im Buchladen schlug gerade sechs, als Leander zum zwanzigsten Mal sein Spiegelbild musterte.

Das dunkle Hemd saß gut - Emma hatte darauf bestanden, dass er es anlässt («Wenn es bei Zephyr funktioniert hat, funktioniert es wieder!») - aber seine Haare schienen heute besonders eigenwillig zu sein.

«Es sind nur Haare», murmelte er seinem Spiegelbild zu. «Und es ist nur eine Bandprobe.»

Sein Spiegelbild sah wenig überzeugt aus.

Das leise Ping seines Handys ließ ihn zusammenzucken.

Eine Nachricht von Zephyr:

«Bin in zehn Minuten da. Freue mich!»

Leander starrte auf das Musiknoten-Emoji, das Zephyr mitgesendet hatte, und spürte, wie sein Magen Saltos schlug.

Was hatte er sich nur dabei gedacht, zuzusagen? Er, der sich bei Familienfeiern schon unwohl fühlte, wollte in einen Proberaum voller Musiker gehen?

Das Klingeln der Ladenglocke riss ihn aus seinen Gedanken. Emma steckte den Kopf durch die Tür, ihre roten Haare heute mit glitzernden Clips geschmückt.

«Noch nicht in Panik verfallen?», fragte sie grinsend.

«Doch. Völlig.»

Leander sank in seinen Lieblingsstuhl, einen abgenutzten Ledersessel, der noch von seinem Großvater stammte.

«Emma, ich kann das nicht. Ich bin nicht der Typ für sowas.»

«Welcher Typ denn?» Emma setzte sich auf die Armlehne. «Der Typ, der neue Erfahrungen macht? Der Typ, der lebt statt nur zu lesen? Der Typ, der einem umwerfend gut aussehenden Musiker eine Chance gibt?»

«Der Typ, der sich zum Narren macht», murmelte Leander.

Emma seufzte und nahm seine Hand.

«Lee, hör mir mal zu. Ich kenne dich seit der Grundschule. Du bist klug, witzig und hast mehr Tiefgang als die meisten Menschen, die ich kenne. Aber du versteckst dich. Seit deine Mom… » Sie drückte seine Hand fester. «Sie hätte gewollt, dass du glücklich bist. Dass du lebst.»

«Ich weiß.» Leander schluckte schwer. «Es ist nur… mit Büchern ist es einfacher. Bücher enttäuschen einen nicht. Sie gehen nicht weg.»

«Menschen sind keine Bücher, das stimmt», sagte Emma sanft. «Sie sind komplizierter, unberechenbarer. Aber sie können auch wärmer sein. Lebendiger. Und dieser Zephyr… die Art, wie er dich ansieht.» Sie lächelte. «Das ist keine Geschichte, Lee. Das ist echt.»

Bevor Leander antworten konnte, kündigte die Türglocke einen neuen Besucher an. Zephyr stand im Eingang, das letzte Sonnenlicht des Tages wie ein Heiligenschein um seine dunklen Locken.

Er trug eine abgewetzte Lederjacke über einem grauen T-Shirt, und sein Lächeln war warm genug, um den kühlen Frühlingsabend zu erhellen.

«Hey», sagte er, und allein dieses eine Wort ließ Leanders Herz schneller schlagen.

«Hey», erwiderte er schwach.

Emma sprang auf, ein verschmitztes Grinsen im Gesicht.

«Und das ist mein Stichwort. Habt Spaß, ihr zwei!» Sie zwinkerte Leander zu und verschwand, die Türglocke ein fröhliches Finale ihres Abgangs.

«Deine Freundin ist recht energiegeladen», bemerkte Zephyr amüsiert.

«Sie ist ein Wirbelwind», nickte Leander. «Aber der beste Wirbelwind, den man sich wünschen kann.»

«Man merkt, dass sie sich um dich sorgt.» Zephyr trat näher, seine Augen warm. «Bereit für ein kleines Abenteuer?»

Der Proberaum befand sich in einem alten Industriegebäude am Stadtrand, wo Fabelrodes märchenhafte Fassade einer pragmatischeren Realität wich. Während sie die metallene Treppe hinaufstiegen, hallten ihre Schritte durch das Treppenhaus. Gedämpfte Musik drang von oben herab - ein basslastiger Rhythmus, der die Luft vibrieren ließ.

«Keine Sorge», sagte Zephyr, als er Leanders angespannten Gesichtsausdruck bemerkte. «Die anderen sind super. Ein bisschen chaotisch vielleicht, aber herzlich.»

Leander nickte stumm. Seine Handflächen waren schweißnass, und sein Herz hämmerte im Takt der Musik.

Als Zephyr die Tür öffnete, schlug ihnen eine Welle von Klang entgegen.

Der Raum war größer als erwartet, die Wände mit Schaumstoffplatten gedämmt, hier und dort hingen alte Konzertposter und handgemalte Kunstwerke. In der Mitte des Raums spielten drei Personen, völlig in ihre Musik versunken.

Am Schlagzeug saß ein großer Kerl mit Rastazöpfen, seine Bewegungen erstaunlich sanft für die Wucht, die er erzeugte. Eine junge Frau mit pinkem Undercut handhabte den Bass, während am Keyboard ein schmaler Typ mit Hornbrille und Anime-T-Shirt saß.

«Hey, Leute!», rief Zephyr über die Musik hinweg. «Darf ich vorstellen? Das ist Leander!»

Die Musik verstummte. Drei Köpfe drehten sich zu ihnen um.

«Der Büchermann!», rief die Bassistin begeistert. «Endlich! Zeph hat die ganze Woche von nichts anderem geredet!»

«Mia!», zischte Zephyr, während Leander spürte, wie ihm die Röte ins Gesicht schoss.

«Was denn? Ist doch wahr!» Sie kam auf sie zu, der Bass wie eine exotische Waffe an ihrer Seite. «Hi, ich bin Mia. Der freundliche Riese am Schlagzeug ist Finn, und unser Keyboard-Nerd heißt Jonas.»

«Willkommen in der Höhle des Löwen», grinste Jonas. «Oder eher in der Höhle der lärmenden Katzen, wie Herr Bauer uns liebevoll nennt.»

Leander horchte auf.

«Herr Bauer? Mein Vermieter?»

«Auch unser Vermieter», nickte Finn. «Und nicht gerade ein Fan unserer musikalischen Ausrichtung.»

«Er würde uns am liebsten rauswerfen», fügte Mia hinzu. «Aber wir haben einen wasserdichten Mietvertrag. Noch.»

Etwas in ihrer Stimme ließ Leander aufhorchen. Er dachte an Bauers Worte im Laden, an seine kaum verhüllte Warnung.

War es Zufall, dass der Mann sowohl sein als auch Zephyrs Vermieter war?

«Hey.» Zephyrs Hand auf seiner Schulter riss ihn aus seinen Gedanken. «Keine schweren Themen heute, okay? Heute geht's nur um Musik.» Er griff nach seiner Gitarre, die in einer Ecke auf einem Ständer ruhte. «Bereit für eine kleine Privatvorstellung?»

Die ersten Akkorde schwebten durch den Raum, sanft und fragil wie Morgentau. Dann setzte Mias Bass ein, ein warmer Herzschlag unter der Melodie. Finn und Jonas folgten, und plötzlich füllte sich der Raum mit einer Musik, die Leander den Atem raubte.

Es war nicht die lärmende Rockmusik, die er erwartet hatte. Der Song war eine Geschichte, erzählt in Tönen statt Worten - melancholisch und hoffnungsvoll zugleich, wie ein Sonnenaufgang nach einer langen Nacht.

Und dann begann Zephyr zu singen.

Seine Stimme war rau und warm wie alter Whiskey, voller Sehnsucht und verhaltener Kraft. Er sang von verlorenen Träumen und neuen Anfängen, von der Angst vor dem Unbekannten und dem Mut, es trotzdem zu wagen.

Leander saß wie verzaubert auf einem abgewetzten Sofa an der Wand. Er beobachtete, wie Zephyr sich in der Musik verlor, wie sein ganzer Körper zum Instrument wurde. In diesem Moment verstand er zum ersten Mal wirklich, was Zephyr gemeint hatte - Musik sprach tatsächlich ihre eigene Sprache, eine Sprache des Herzens.

Als der letzte Ton verklang, herrschte für einen Moment absolute Stille im Raum. Leander merkte, dass er den Atem angehalten hatte.

«Und?», fragte Zephyr leise, seine Augen suchten Leanders. «Was denkst du?»

«Das war… » Leander suchte nach Worten, die dem gerecht werden könnten, was er gerade erlebt hatte. «Das war Magie.»

Ein strahlendes Lächeln breitete sich auf Zephyrs Gesicht aus.

«Von einem Geschichtenerzähler wie dir ist dies das größte Kompliment.»

«Oh Gott, werdet ihr zwei noch süßer, krieg ich Karies», neckte Mia, aber ihr Lächeln war warm.

Plötzlich hallten schwere Schritte durch den Flur.

Die Tür flog auf, und Herr Bauer stand im Rahmen, sein Gesicht rot vor Zorn.

Hinter ihm erschien ein hagerer Mann mit grauem Haar und strengem Gesicht.

«Was habe ich gesagt über diese Art von Lärm?», donnerte Bauer.

Zephyr trat vor, schützend zwischen die Band und die Eindringlinge.

«Herr Bauer, wir sind völlig im Rahmen der vereinbarten Probezeiten. Es ist noch nicht einmal acht Uhr.»

«Probezeiten!» Bauer spuckte das Wort

förmlich aus. «Als ob dieser moderne Unsinn jemals Musik wäre! Und Sie, Herr Sonne.» Sein Blick bohrte sich in Leander. «Ich hatte Sie gewarnt vor gewissen… Verbindungen.»

Leander spürte, wie etwas in ihm sich aufbäumte - ein lange unterdrückter Trotz, eine Wut auf all die selbsternannten Wächter der «Ordnung», die das Leben in vorgegebene Bahnen zwingen wollten.

«Ihre Warnung war sehr deutlich», sagte er und stand auf. Seine Stimme zitterte nur leicht. «Aber wissen Sie was? Ich entscheide selbst, mit wem ich mich verbinde.»

Der grauhaarige Mann hinter Bauer schnaubte.

«Jugend von heute! Keine Achtung vor Traditionen, vor Kultur!»

«Kultur?» Jetzt war es Mia, die vortrat. «Was wissen Sie schon von Kultur, Herr Klein? Sie unterrichten Musik an der Schule und verteufeln alles, was nach 1900 komponiert wurde!»

«Moment», unterbrach Leander. «Sie sind der neue Musiklehrer? Der, der die Schulband auflösen will?»

Klein richtete sich zu seiner vollen Höhe auf.

«Diese Kakophonie hat nichts mit echter Musik zu tun! Was diese jungen Leute brauchen, ist Disziplin, Struktur!»

«Was wir brauchen», sagte Zephyr ruhig, aber bestimmt, «ist die Freiheit, unsere eigene Stimme zu finden. Musik lebt von Entwicklung, von Veränderung. Oder glauben Sie, Bach hätte sich nicht auch über neue Instrumente, neue Möglichkeiten gefreut?»

Ein gefährliches Lächeln erschien auf Bauers Gesicht.

«Nun, vielleicht sollten wir diese… philosophische Diskussion an anderer Stelle fortsetzen. Sagen wir, bei der nächsten Mietpreissprechung? Ich denke, die Preise in diesem Viertel sind deutlich zu niedrig.»

Die Drohung hing schwer in der Luft. Leander sah, wie Zephyr die Fäuste ballte, wie Mia erbleichte, wie Jonas und Finn sich angespannte Blicke zuwarfen.

«Sie können uns nicht einfach verdrängen», sagte er, überrascht von der Festigkeit seiner eigenen Stimme. «Fabelrode gehört nicht Ihnen allein.»

«Nein?» Bauer trat näher. Wieder roch er penetrant nach Kölnisch Wasser. «Das werden wir ja sehen, nicht wahr? Kommen Sie, Klein. Lassen wir die jungen Leute ihre… Musik machen. Noch können sie das ja.»

Mit einem letzten verächtlichen Blick verließen die beiden Männer den Raum. Ihre Schritte hallten noch lange durch das Treppenhaus.

Als die Schritte verklungen waren, ließ sich Mia schwer auf einen Verstärker fallen.

«Das war's dann wohl», murmelte sie.

«Er wird uns rauswerfen.»

«Kann er das denn einfach so?», fragte Leander.

Jonas schüttelte den Kopf. «Nicht direkt. Aber er kann die Miete erhöhen, uns das Leben schwer machen. Und jetzt, wo er und Klein offenbar gemeinsame Sache machen… »

«Es tut mir leid», sagte Leander leise zu Zephyr. «Das ist meine Schuld. Wenn ich nicht hergekommen wäre… »

«Hey.» Zephyr nahm seine Gitarre ab und trat zu ihm. «Das ist nicht deine Schuld. Bauer und Klein haben schon lange etwas gegen uns - gegen alles, was nicht in ihr engstirniges Weltbild passt.» Er lächelte schief. «Außerdem… ich würde dich jederzeit wieder einladen.»

Ihre Blicke trafen sich, und für einen Moment war der Rest des Raums vergessen. In Zephyrs Augen lag eine Wärme, die Leanders Herz schneller schlagen ließ.

Finn räusperte sich diskret.

«Ähem, vielleicht sollten wir für heute Schluss machen? Die Stimmung ist sowieso im Eimer.»

«Nein.» Zephyrs Stimme war fest. «Genau das wollen sie doch - uns einschüchtern, zum Aufgeben bringen.» Er griff wieder nach seiner Gitarre. «Ich habe da einen neuen Song. Er ist noch nicht ganz fertig, aber vielleicht ist jetzt der richtige Moment dafür.»

Die ersten Akkorde waren anders als zuvor - härter, kämpferischer. Als Zephyr zu singen begann, war seine Stimme voll unterdrückter Emotion:

«Sie wollen unsere Stimmen zum Schweigen bringen,

Tradition als Waffe schwingen,

Doch Musik kennt keine Grenzen,

Keine Mauern, die sie beschränken… »

Die anderen fielen ein, erst zögernd, dann mit wachsender Intensität.

Mias Bass grollte wie ferner Donner, Finns Schlagzeug war ein rebellischer

Herzschlag, und Jonas' Keyboard webte fremdartige Harmonien durch die Melodie.

Leander saß da und ließ sich von der Musik mitreißen. Er verstand plötzlich, warum Bauer und Klein diese Musik fürchteten - sie war Veränderung, sie war Freiheit, sie war Leben.

Als der Song endete, herrschte einen Moment lang atemlose Stille.

«Wow», flüsterte Mia schließlich. «Das war intensiv.»

Zephyr nickte, seine Augen glänzten.

«Das ist es, was sie nicht verstehen. Musik, Kunst, Literatur - das sind keine toten Dinge, die man in Museen sperren kann. Sie leben durch uns, durch jede neue Generation, die sie aufnimmt und weiterspinnt.»

«Wie in deinem Laden», fügte er hinzu und sah Leander an. «Die Bücher sind alt, ja, aber sie leben durch die Menschen, die sie lesen, die neue Bedeutungen in ihnen finden.»

Leander spürte, wie sich etwas in seiner Brust weitete.

«Ja», sagte er leise. «Genau wie in den alten Geschichten von Fabelrode. Sie erzählen von Magie und Wandel, von der Kraft der Kunst…» Er hielt inne, eine Idee formte sich in seinem Kopf. «Das ist es!»

«Was ist was?», fragte Jonas.

«Die Geschichten! Die alten Legenden von Fabelrode - sie alle handeln davon, wie Kunst und Magie die Stadt verändert haben. Der Traumfänger-Turm, die singende Linde, der Geschichtenmarkt… Wenn wir den Leuten zeigen könnten, dass wir Teil dieser Tradition sind, nicht ihre Feinde!»

Zephyrs Augen begannen zu leuchten.

«Eine Veranstaltung», sagte er langsam. «Etwas, das Musik und Literatur verbindet, alt und neu.»

«In der Bücherstube!», rief Mia begeistert. «Die perfekte Location - traditionell genug für die Konservativen, aber mit neuem Leben gefüllt!»

Die Energie im Raum veränderte sich, Hoffnung verdrängte die Niedergeschlagenheit. Sie begannen, Ideen zu sammeln, Pläne zu schmieden.

Zweisamkeit

Die nächste Stunde verging wie im Flug. Sie diskutierten Möglichkeiten, skizzierten Ideen, während die Instrumente vergessen in den Ecken standen. Jonas machte eifrig Notizen auf seinem Tablet, während Mia bereits mögliche Setlists zusammenstellte.

«Wir könnten mit klassischen Gedichten anfangen», schlug Leander vor, allmählich von der allgemeinen Begeisterung angesteckt. «Die zu eurer Musik interpretieren… »

«Und dann überleiten zu moderneren Texten», ergänzte Zephyr. «Zeigen, wie eines aus dem anderen erwächst.»

Finn sah auf die Uhr und pfiff leise.

«Leute, es ist schon nach zehn. Wir sollten Schluss machen, bevor Bauer noch einen Grund findet, sich zu beschweren.»

«Stimmt.» Mia streckte sich. «Jonas,

kannst du mich mitnehmen? Mein Rad hat ,nen Platten.»

«Klar.» Jonas packte sein Tablet ein. «Kommt ihr auch?»

Zephyr tauschte einen kurzen Blick mit Leander.

«Ich räume noch ein bisschen auf. Und sollte Leander vielleicht nach Hause bringen.»

«Natüüürlich», grinste Mia wissend. «Komm, Jonas, lass uns die zwei Turteltauben alleine lassen.»

Leander spürte, wie ihm die Röte ins Gesicht schoss, aber er konnte nicht leugnen, dass sein Herz schneller schlug bei der Aussicht, mit Zephyr allein zu sein.

Als die anderen gegangen waren, breitete sich eine eigentümliche Stille im Raum aus. Zephyr begann, Kabel aufzurollen, während Leander unsicher dastand.

«Soll ich dir helfen?», fragte er schließlich.

Zephyr lächelte.

«Du kannst die Notenblätter dort drüben einsammeln, wenn du magst.»

Sie arbeiteten eine Weile schweigend, aber es war keine unangenehme Stille. Ab und zu trafen sich ihre Blicke, und jedes Mal spürte Leander dieses Kribbeln in seinem Magen.

«Hier.» Leander hielt ein Blatt hoch. «Das sieht interessant aus. ‚Im Rhythmus deines Herzens‘?»

Zephyr erstarrte kurz, dann kam er näher.

«Oh. Das… das ist noch nicht fertig. Eigentlich sollte das niemand sehen.»

«Entschuldigung, ich wollte nicht… »

«Nein, ist schon okay.» Zephyr nahm das Blatt, seine Finger streiften dabei Leanders. «Es ist nur sehr persönlich. Ich habe es geschrieben, nachdem ich dich zum ersten Mal im Laden gesehen habe.»

Leander hielt den Atem an.

«Du… du hast einen Song über mich

geschrieben?»

Zephyr fuhr sich verlegen durch die Locken.

«Verrückt, oder? Ich meine, ich kannte dich kaum, aber… da war etwas. Die Art, wie du mit den Büchern umgegangen bist, wie deine Augen geleuchtet haben, als du von Geschichten gesprochen hast… » Er sah auf. «Du hast mich inspiriert.»

Sie standen sich jetzt sehr nahe, das Notenblatt zwischen ihnen wie ein zerbrechliches Geheimnis. Leander konnte den leichten Duft von Zephyrs Aftershave riechen, der beinahe schon vertraute Duft nach Zitrone und Holz.

«Würdest du… würdest du ihn mir vorspielen?», fragte er leise.

Zephyr zögerte nur kurz, dann nickte er. Er griff nach seiner Gitarre und setzte sich auf den Verstärker. Leander ließ sich neben ihm nieder, nahe genug, um die Wärme von Zephyrs Körper zu spüren.

Die Melodie, die Zephyr anschlug, war anders als alles, was er zuvor gespielt hatte. Sanfter, intimer, wie ein Geheimnis, das nur für sie beide bestimmt war.

Und dann begann er zu singen, seine Stimme kaum mehr als ein Flüstern:

«In einem Raum voll alter Geschichten,
Fand ich eine, die noch nicht geschrieben,
Zwischen Buchseiten versteckt,
Eine Seele, die mich weckt…»

Leander spürte, wie ihm Tränen in die Augen stiegen. Der Song war wunderschön in seiner Verletzlichkeit, seiner unverhohlenen Sehnsucht.

Als der letzte Ton verklang, herrschte absolute Stille. Zephyr starrte auf seine Gitarre, seine Wangen leicht gerötet.

«Das war…» Leander suchte nach Worten. «Das war das Schönste, was je jemand für mich getan hat.»

Zephyr hob den Kopf, ihre Blicke trafen sich. Die Luft zwischen ihnen schien zu knistern. Langsam, wie in Zeitlupe, lehnte sich Zephyr vor.

Die Zeit schien stillzustehen. Leander konnte Zephyrs Atem auf seiner Wange spüren, sah die goldenen Sprenkel in seinen braunen Augen. Sein Herz hämmerte so laut, dass er sicher war, Zephyr müsste es hören können.

Dann, sanft wie ein Frühlingswind, legten sich Zephyrs Lippen auf seine.

Der Kuss war zart, fragend, voller Behutsamkeit. Zephyrs freie Hand fand ihren Weg in Leanders Nacken, während die andere noch immer die Gitarre hielt. Leander schloss die Augen, überwältigt von den Empfindungen, die durch seinen Körper strömten.

Es war so anders als in seinen Büchern. Kein dramatisches Feuerwerk, keine schwülstigen Metaphern. Stattdessen war da diese unglaubliche Sanftheit, diese Wärme, die sich in seiner Brust ausbreitete wie heißer Tee an einem kalten Tag.

Als sie sich voneinander lösten, blieben

sie einen Moment mit geschlossenen Augen sitzen, die Stirnen aneinander gelehnt.

«Wow», flüsterte Zephyr.

«Ja», hauchte Leander. «Wow.»

Ein leises Lachen perlte aus Zephyrs Kehle.

«Weißt du, ich wollte das schon tun, seit du mir von der Traumfänger-Geschichte erzählt hast.»

«Wirklich?» Leander öffnete die Augen, traf auf Zephyrs warmen Blick.

«Wirklich. Die Art, wie du erzählst, als würdest du die Geschichten zum Leben erwecken. Ich… » Er stockte kurz. «Ich glaube, ich verliebe mich gerade ein bisschen in dich.»

Die Worte ließen Leanders Herz stolpern.

Ein Teil von ihm wollte wegrennen, sich in der Sicherheit seiner Bücher verstecken. Aber ein größerer Teil - einer, der in den letzten Tagen stetig gewachsen war - wollte bleiben.

Wollte mehr.

«Ich auch», flüsterte er. «Verliebe mich, meine ich. Auch wenn es mir ein bisschen Angst macht.»

Zephyr stellte vorsichtig seine Gitarre beiseite und nahm Leanders Hände in seine. Seine Finger waren rau von den Gitarrensaiten, aber seine Berührung war unendlich zärtlich.

«Mir auch», gestand er. «Ich meine, schau uns an - der rebellische Musiker und der schüchterne Buchhändler. Klingt wie der Anfang eines Romans.»

«Hoffentlich einer mit Happy End», sagte Leander, überrascht von seiner eigenen Kühnheit.

Zephyr lachte leise.

«Das liegt an uns, oder? Wir schreiben diese Geschichte selbst.»

Ein plötzliches Geräusch im Flur ließ sie auseinanderfahren. Schritte näherten sich, dann entfernten sie sich wieder.

«Vermutlich der Hausmeister», sagte Zephyr, aber seine Stimme klang angespannt. «Trotzdem… wir sollten gehen. Es ist spät.»

Leander nickte, auch wenn er sich wünschte, dieser Moment könnte ewig dauern. Sie packten schnell die restlichen Sachen zusammen und verließen den Proberaum.

Die Nachtluft war kühl und klar, der Himmel über Fabelrode ein samtenes Schwarz, in dem die Sterne wie Diamanten funkelten. Sie gingen schweigend nebeneinander her, ihre Hände fanden sich wie von selbst.

Am Traumfänger-Turm blieben sie stehen. Seine massive Silhouette ragte vor ihnen auf, die metallenen Strukturen glitzerten im Mondlicht.

«Glaubst du wirklich, dass er die Träume der Stadt beschützt?», fragte Zephyr leise.

Leander drückte seine Hand.

«Ich glaube, er beschützt das, woran wir glauben. Die Geschichten, die Musik, die Magie des Alltäglichen.»

Zephyr zog ihn näher, küsste ihn noch einmal, diesmal mutiger, tiefer. Über ihnen glitzerte der große Traumfänger in der Turmspitze, als würde er ihren Moment segnen.

Als sie sich später vor Leanders Laden verabschiedeten, fühlte sich die Welt anders an. Magischer. Lebendiger.

«Gute Nacht, Geschichtenerzähler», flüsterte Zephyr.

«Gute Nacht, Musikmacher», erwiderte Leander lächelnd.

Schatten über Fabelrode

Der nächste Morgen brachte einen ungewöhnlich geschäftigen Mittwoch in die Bücherstube. Leander hatte kaum Zeit, seinen wirbelnden Gedanken nachzuhängen, während er Kunden beriet, Bestellungen aufnahm und neue Bücher einräumte. Dennoch ertappte er sich immer wieder dabei, wie seine Finger unwillkürlich seine Lippen berührten, die Erinnerung an Zephyrs Kuss noch immer wie ein elektrischer Funke auf seiner Haut.

«Wenn du noch einmal so verträumt lächelst, während du Kafka einsortierst, rufe ich einen Exorzisten», neckte Emma, die mit einem Stapel zurück-gegebener Bücher vorbeikam.

Leander errötete, konnte aber das Lächeln nicht unterdrücken.

«Ist es so offensichtlich?»

«Leander, du strahlst wie eine Christbaumkugel. Was genau ist gestern noch passiert, nachdem… »

Das Klingeln der Türglocke unterbrach sie. Herein kam eine aufgewühlte junge Frau mit schulterlangem blauen Haar - Leander erkannte sie als Lisa, Jonas' jüngere Schwester, die manchmal im Laden nach Schulbüchern stöberte.

«Ist Zephyr hier?», fragte sie atemlos. «Oder weißt du, wo ich ihn finden kann? Es ist wichtig!»

Leander schüttelte den Kopf. «Er müsste im ‚Mondschein' sein, seine Schicht beginnt um… »

«Nein, ist er nicht», unterbrach Lisa. «Ich war schon dort. Und im Proberaum auch. Niemand kann ihn erreichen, sein Handy ist aus, und… » Sie holte zitternd Luft. «Es ist was Schlimmes passiert.»

Leander spürte, wie sich sein Magen zusammenzog.

«Was ist passiert?»

«Der Proberaum. Jemand ist eingebrochen. Alles ist verwüstet. Die Instrumente, die Anlage... » Tränen stiegen ihr in die Augen. «Sogar Jonas' Keyboard haben sie zerstört. Und an die Wand... » Sie schluckte schwer. «An die Wand haben sie geschmiert: ‚Verschwindet, oder es wird schlimmer'.»

Emma keuchte erschrocken auf. Leander musste sich am Bücherregal festhalten, als seine Knie weich wurden. Die Worte von gestern Abend hallten in seinem Kopf wider - die Schritte im Flur, die sie gehört hatten...

«Wer würde so etwas tun?», fragte Emma fassungslos.

«Ist doch klar, oder?», sagte Lisa bitter. «Bauer und Klein. Sie haben gestern gedroht, und heute... » Sie brach ab, als die Türglocke erneut läutete.

Zephyr stand im Eingang, bleich und mit dunklen Ringen unter den Augen. Seine Kleidung war zerknittert, als hätte er darin geschlafen.

«Zephyr!» Lisa stürzte auf ihn zu. «Wo

warst du? Wir haben überall-»

«Tut mir leid», unterbrach er sie müde.
«Ich… ich musste nachdenken. Spazieren gehen.»

Sein Blick fand Leanders, und etwas in Leanders Brust zog sich schmerzhaft zusammen bei dem Ausdruck in seinen Augen.

«Ich habe es gerade erst erfahren», sagte er leise. «Die anderen sind bei der Polizei, aber… » Er lachte humorlos. «Was sollen sie schon tun? Wir haben keine Beweise.»

«Aber es waren eindeutig Bauer und Klein!», rief Lisa. «Wer sonst hätte-»

«Genau das ist das Problem», unterbrach Zephyr. «Wir können nichts beweisen. Und selbst wenn - Bauer besitzt halb Fabelrode. Die Polizei wird sich hüten, gegen ihn vorzugehen ohne handfeste Beweise.»

Er sank in einen der Lesesessel, plötzlich wirkte er sehr jung und verletzlich. Leander bewegte sich wie von selbst auf ihn zu, kniete sich neben den Sessel.

«Hey», sagte er sanft. «Wir finden eine Lösung. Zusammen.»

Zephyr sah auf, in seinen Augen ein Kampf zwischen Hoffnungslosigkeit und Dankbarkeit.

«Du verstehst nicht», sagte er leise. «Es geht nicht nur um den Proberaum. Die Instrumente, klar, die sind versichert. Aber… »

Er holte zitternd Luft.

«Sie haben auch unsere Noten zerstört. All die Songs, die wir geschrieben haben. Finns neue Kompositionen. Die Texte… »

«Auch… », Leander zögerte. «Auch ‚im Rhythmus deines Herzens'?»

Ein Schatten huschte über Zephyrs Gesicht.

«Alles. Sie haben alles zerrissen und mit Farbe übergossen.»

Emma, die bisher schweigend zugehört hatte, trat vor.

«Moment mal. Ihr habt doch bestimmt

Backups? Auf dem Computer oder so?»

«Jonas hatte einiges auf seinem Laptop», nickte Lisa. «Aber nicht alles. Manche Sachen existierten nur auf Papier, weil…» Sie stockte, als sich die Türglocke wieder meldete.

Mia stürmte herein, ihr pinker Undercut leuchtete aggressiv im Morgenlicht.

«Die Bullen sind nutzlos», verkündete sie ohne Umschweife. «Sagen, ohne Beweise können sie nichts machen. Einbruchspuren gibt's keine, weil der Täter offenbar einen Schlüssel hatte.»

«Einen Schlüssel?» Leander runzelte die Stirn. «Wer hat denn alles… »

«Nur wir von der Band», sagte Zephyr. «Und natürlich Bauer als Vermieter.»

«Und der Hausmeister», fügte Lisa hinzu. «Aber der alte Schmidt würde nie… »

«Warte mal.» Emma richtete sich auf, ihre Augen leuchteten. «Der Hausmeister - war er nicht gestern Abend im Gebäude? Ihr habt doch Schritte gehört!»

Zephyr und Leander tauschten einen Blick. «Ja, aber… »

«Vielleicht hat er was gesehen!», rief Lisa aufgeregt. «Oder gehört! Wir müssen mit ihm reden!»

«Das wird nicht nötig sein.»

Alle drehten sich zur Tür. Dort stand ein älterer Mann in Arbeitskleidung, eine abgewetzte Schiebermütze in den Händen drehend. Herr Schmidt, der Hausmeister.

«Ich… ich muss Ihnen was sagen», fuhr er fort, sein Gesicht eine Mischung aus Scham und Entschlossenheit. «Über letzte Nacht. Und über Herrn Bauer.»

Stille breitete sich im Laden aus. Schmidt trat näher, seine Schultern gebeugt, als trüge er eine schwere Last.

«Ich hab sie gehört gestern Abend», sagte er leise. «Bauer und Klein. Sie dachten, alle wären weg, aber ich war noch da, hab die Heizung überprüft. Sie… sie haben sich unterhalten. Über ihre Pläne für Fabelrode.»

Er holte sein Handy hervor, ein altes Modell.

«Ich hab's aufgenommen. Wollte erst zur Polizei, aber… » Er lachte bitter. «Bauer kennt Leute. Wichtige Leute. Ich brauchte Zeit zum Nachdenken. Aber als ich heute Morgen den Proberaum sah… »

Mit zitternden Fingern drückte er auf Play. Bauers Stimme erfüllte den Raum, verzerrt aber deutlich erkennbar:

«…diese moderne Brut aus der Stadt vertreiben. Erst die Musiker, dann die anderen. Fabelrode braucht eine Säuberung, verstehen Sie? Die alten Werte wiederherstellen… »

«Die Jugend hat zu viel Freiheit», kam Kleins Stimme. «In der Schule, auf der Straße. Das muss ein Ende haben.»

«Und es wird ein Ende haben. Der Proberaum ist erst der Anfang. Als nächstes nehmen wir uns die Geschäfte vor. Dieser Buchladen zum Beispiel…»

Schmidt stoppte die Aufnahme.

«Es geht noch weiter. Sie… sie haben konkrete Pläne. Nicht nur für den Proberaum. Für die ganze Stadt.»

Leander spürte, wie sich eine kalte Hand um sein Herz legte. Zephyr war aufgesprungen, sein Gesicht rot vor Wut.

«Das ist es!», rief Mia. «Das ist unser Beweis! Damit können wir zur Polizei!»

Aber Schmidt schüttelte den Kopf.

«Heimliche Aufnahmen sind nicht rechtskräftig. Und Bauer hat Verbindungen. Er würde einen Weg finden, das zu vertuschen.»

«Dann müssen wir einen anderen Weg finden», sagte Leander plötzlich. Alle sahen ihn an. «Einen Weg, der sie zwingt, ihr wahres Gesicht zu zeigen. Öffentlich, wo sie es nicht vertuschen können.»

«Was meinst du damit?», fragte Zephyr, Hoffnung schimmerte in seinen Augen.

Leander begann, im Laden auf und ab zu gehen, wie er es immer tat, wenn seine Gedanken rasten.

«Denkt darüber nach: Was ist Bauers und Kleins größte Schwäche? Ihr Stolz. Ihre Selbstgerechtigkeit. Sie sehen sich als Hüter der Tradition, der Kultur.»

Emma nickte langsam.

«Und genau das könnte ihr Untergang sein... »

«Die Veranstaltung!», rief Lisa plötzlich. «Die, von der ihr gestern gesprochen habt - Musik und Literatur vereint!»

«Aber größer», fügte Mia hinzu. «Nicht nur im Laden. Wir müssen die ganze Stadt einbeziehen.»

Zephyr richtete sich auf, neue Energie durchströmte ihn.

«Das Schulfest!», sagte er. «In vier Wochen ist das große Schulfest. Die ganze Stadt kommt dorthin.»

«Perfekt!» Mia klatschte in die Hände. «Wir könnten auftreten - nicht nur wir, sondern auch die Schulband. Und dazwischen Lesungen, Gedichte… »

«Moment mal», unterbrach Schmidt. «Klein wird das nie erlauben. Er ist der Musiklehrer, er hat das Sagen über das kulturelle Programm.»

«Dann gehen wir über ihn hinweg», sagte Lisa entschlossen. «Direkt zum Direktor. Herr Weber ist altmodisch, ja, aber er ist fair. Wenn wir ihm das richtig präsentieren… »

«Als Brücke zwischen den Generationen», nickte Leander. «Tradition und Moderne in Harmonie. Das könnte ihm gefallen.»

«Und Bauer?», fragte Emma skeptisch.

«Er wird versuchen, es zu sabotieren.» Zephyr trat zu Leander, nahm seine Hand.

«Genau darauf setzen wir. Je öffentlicher, je mehr Zuschauer, desto weniger können sie sich verstecken. Wenn sie versuchen einzugreifen… »

«…zeigen sie ihr wahres Gesicht», vollendete Leander. «Vor der ganzen

Stadt.»

Schmidt drehte seine Mütze in den Händen.

«Das ist riskant. Wenn es schiefgeht… »

«Dann verlieren wir alles», sagte Zephyr ruhig. «Aber wenn wir nichts tun, verlieren wir sowieso. Wenigstens so haben wir eine Chance.»

Leander drückte seine Hand.

«Wir müssen es nur richtig aufziehen. Die richtigen Stücke wählen, die richtige Geschichte erzählen.»

«Die Geschichte von Fabelrode selbst», sagte Emma nachdenklich. «Von Wandel und Bewahrung, von der Kraft der Kunst… »

«Von der Traumfänger-Legende!», rief Lisa begeistert. «Das wäre perfekt - sie handelt ja genau davon, wie Kreativität die Stadt gerettet hat!»

Die Energie im Raum veränderte sich, Hoffnung verdrängte die Verzweiflung. Sie begannen zu planen, Ideen flogen hin und her. Emma holte ihr Notizbuch, während Lisa schon in ihrer Handtasche nach dem Handy kramte, um die anderen von der Schulband zu kontaktieren.

Inmitten der wachsenden Aufregung zog Zephyr Leander beiseite.

«Bist du dir sicher?», fragte er leise. «Das könnte gefährlich werden. Nicht nur für die Band, auch für dich. Dein Laden… »

Leander sah zu den staubigen Bücher- regalen hoch, die seit Generationen Geschichten bewahrten. Dann dachte er an die zerrissenen Noten im Probe- raum, an die hasserfüllten Worte an der Wand.

«Weißt du», sagte er, «meine Mutter hat immer gesagt, Bücher sind mehr als nur Papier und Tinte. Sie sind Träume, Hoffnungen, Revolutionen. Sie sind lebendig.» Er drehte sich zu Zephyr. «Genau wie deine Musik. Und wenn wir jetzt nicht für sie kämpfen, wann dann?»

Vorbereitungen

Die nächsten Tage verwandelten Sonnes Bücherstube in ein geheimes Hauptquartier der kulturellen Rebellion. Zwischen den Regalen wurde geprobt, geflüstert und geplant. Emma hatte eine große Pinnwand aufgestellt, an der Setlisten, Gedichte und Zeitpläne hingen, sorgfältig mit farbigen Fäden verbunden wie in einem Detektivfilm.

Lisa hatte es tatsächlich geschafft, den Schuldirektor zu überzeugen.

«Er war erst skeptisch», berichtete sie aufgeregt, «aber als ich ihm von der Verbindung zwischen klassischer Literatur und moderner Musik erzählte, wurde er richtig enthusiastisch. Er meinte sogar, das sei genau die Art von Innovation, die Fabelrode brauche!»

Kleins Gesicht, als er von der Entscheidung erfuhr, beschrieb sie als «unbezahlbar».

Die Band probte nun im Hinterzimmer des Ladens - heimlich, nachts, wenn die Straßen leer waren. Zephyr hatte neue Songs geschrieben, kraftvoller als zuvor, aber mit einer Tiefe, die von mehr als nur Rebellion sprach.

«Der ist für dich», flüsterte er Leander zu, als er einen besonders eindringlichen Song probte. «Er heißt ‚Geschichtenweber'.»

Leander, der auf seinem gewohnten Lesesessel saß, spürte, wie sich sein Herz zusammenzog. Die Melodie war wie ein Gespräch zwischen den sanften Klängen einer Buchseite und dem rebellischen Schlag eines jungen Herzens.

Doch nicht alles lief glatt.

Eines Morgens fanden sie einen Brief unter der Ladentür:

«Letzte Warnung. Sagt das Schulfest ab, oder ihr werdet es bereuen.»

Emma wollte zur Polizei gehen, aber Leander hielt sie zurück.

«Noch nicht», sagte er. «Das ist genau, was sie wollen - uns einschüchtern, uns zu übereilten Reaktionen treiben.»

«Aber was, wenn sie wieder zuschlagen?», fragte sie besorgt.

«Dafür haben wir vorgesorgt», sagte Zephyr grimmig.

Er nickte zu Schmidt, der jeden Abend zusätzliche Runden um den Laden und den neuen Proberaum drehte. Andere Ladenbesitzer, die von Bauers Machenschaften gehört hatten, hielten ebenfalls die Augen offen.

Die Stadt schien sich zu verändern, fast unmerklich zunächst. Mehr junge Leute blieben vor dem Buchladen stehen, schauten durch die Fenster. Ältere Kunden, die sonst nur ihre gewohnten Bücher holten, fragten nach den Musikveranstaltungen, von denen sie gehört hatten.

«Es ist, als würde Fabelrode aufwachen», sagte Emma eines Abends, als sie die letzten Vorbereitungen für den nächsten Tag besprachen.

Sie saßen im Kreis zwischen den Regalen, umgeben von Büchern und Instrumenten - ein seltsames, aber harmonisches Bild. Mia hatte ihren Bass dabei, zupfte leise Melodien, während Jonas am Laptop die finale Setlist durchging. Lisa korrigierte die Handzettel, die sie heimlich in der Schule verteilt hatte.

«Morgen um diese Zeit», sagte Zephyr, seine Finger spielten nervös mit den Saiten seiner Gitarre, «werden wir wissen, ob unser Plan funktioniert.»

«Er wird funktionieren», sagte Leander mit einer Überzeugung, die ihn selbst überraschte. «Weil wir die bessere Geschichte erzählen.»

«Die wahre Geschichte», nickte Emma.

«Die Geschichte von Veränderung und Bewahrung», fügte Lisa hinzu.

«Von Musik und Worten», sagte Mia.

«Von uns allen», schloss Zephyr und

griff nach Leanders Hand.

Sie saßen noch lange zusammen, probten ein letztes Mal die Übergänge, feilten an den Texten. Draußen zog die Nacht über Fabelrode auf, und über allem ragte der Traumfänger-Turm in den Himmel, seine metallene Spitze glitzerte im Mondlicht wie ein Versprechen.

Der Morgen des Schulfestes brachte einen strahlend blauen Himmel, als hätte selbst das Wetter beschlossen, sie zu unterstützen. Leander stand früh auf, seine Nerven zum Zerreißen gespannt.

Als er die Fensterläden öffnete, sah er bereits die ersten Vorbereitungen auf dem Schulhof - bunte Zelte wurden aufgebaut, Girlanden gespannt.

Sein Handy vibrierte.

Eine Nachricht von Zephyr:

«Bist du wach? Kann nicht schlafen. Kommst du rüber zum Proberaum? Muss dir was zeigen.»

Leanders Herz machte einen Sprung. Mit zitternden Fingern tippte er eine Antwort:

«Bin gleich da.»

Die Straßen waren noch leer, als er zum provisorischen Proberaum im Hinterzimmer des «Mondschein» eilte. Sie hatten den Raum in den letzten Tagen zu ihrem neuen Hauptquartier gemacht, nachdem der alte Proberaum zu unsicher geworden war.

Zephyr erwartete ihn bereits, auf einem Verstärker sitzend, seine Gitarre im Schoß. Er sah müde aus, aber seine Augen leuchteten.

«Tut mir leid, dass ich dich so früh herhole», sagte er, als Leander eintrat. «Aber ich musste die ganze Nacht schreiben, und... ich will, dass du der Erste bist, der es hört.»

«Was hört?»

«Unseren Eröffnungssong. Den, der alles zusammenbringt - die Traumfänger-Geschichte, unseren Kampf, alles.»

Er begann zu spielen, und Leander hielt den Atem an. Die Melodie war anders als alles, was er bisher von Zephyr gehört hatte - sie begann wie ein klassisches Stück, fast wie ein Wiegenlied, aber dann verwob sich etwas Moderneres hinein, elektronische Elemente, die Jonas programmiert hatte, Mias kraftvoller Bass, Finns komplexe Rhythmen.

Und dann sang Zephyr:

«In einer Stadt aus Träumen gebaut,

Wo alte Mauern Geschichten bewahren,

Kämpfen wir für mehr als nur Musik und Laut

Für das Recht, unsere Wahrheit zu bewahren…»

Die Worte trafen Leander mitten ins Herz. Der Song erzählte ihre Geschichte, aber er erzählte auch die Geschichte Fabelrodes, von Generation zu Generation, von Wandel und Beständigkeit.

Als der letzte Ton verklang, herrschte

einen Moment lang absolute Stille.

«Und?», fragte Zephyr nervös. «Was denkst du?»

Statt einer Antwort trat Leander vor und küsste ihn. Er spürte Zephyrs Überraschung, dann seine Reaktion, als er den Kuss vertiefte. Die Gitarre zwischen ihnen geriet in Gefahr herunterzufallen, aber keiner von beiden kümmerte sich darum.

Als sie sich voneinander lösten, lehnte Zephyr seine Stirn an Leanders.

«Das nehme ich mal als positives Feedback», murmelte er lächelnd.

«Es ist perfekt», flüsterte Leander. «Es ist genau das, was wir brauchen.»

Ein Geräusch an der Tür ließ sie aufschrecken. Mia steckte den Kopf herein, ihr pinkes Haar heute mit silbernen Streifen durchzogen.

«Sorry, dass ich den Moment störe», grinste sie, «aber wir müssen los. Die anderen warten schon am Schulhof.»

Sie packten hastig die Instrumente

zusammen. Bevor sie den Raum verließen, zog Zephyr Leander noch einmal zu sich.

«Was auch heute passiert», sagte er ernst, «ich bin so froh, dass du Teil dieser Geschichte bist.»

Leander drückte seine Hand. «Wir schreiben sie zusammen weiter.»

Das Schulfest

Der Schulhof hatte sich in ein Festgelände verwandelt. Bunte Stände säumten die Wege, der Duft von Bratwurst und Zuckerwatte hing in der Luft. Auf der provisorischen Bühne, die sie am Vortag aufgebaut hatten, testete Jonas bereits die Soundanlage.

Emma erwartete sie mit einem Stapel Programme.

«Alles bereit», flüsterte sie. «Die halbe Stadt ist schon da, und es kommen immer mehr.»

Leander ließ seinen Blick über die wachsende Menge schweifen. Er erkannte viele Gesichter: Stammkunden aus dem Buchladen, Schüler, Lehrer, andere Ladenbesitzer aus der Innenstadt. Sogar der Bürgermeister war gekommen, stand mit dem Schuldirektor im Gespräch.

Dann sah er sie. Bauer und Klein standen am Rand des Geländes, die Gesichter finster. Klein diskutierte aufgeregt mit Bauer, der nur kühl nickte.

«Sie planen etwas», murmelte Zephyr, der Leanders Blick gefolgt war.

«Lass sie planen», sagte Leander mit mehr Überzeugung, als er fühlte. «Wir sind vorbereitet.»

Der Schuldirektor trat ans Mikrofon, um das Fest zu eröffnen. Seine Rede war wohlwollend, wenn auch etwas steif - bis er zum Hauptprogramm kam.

«Heute erleben wir etwas Besonderes», verkündete er. «Unsere Jugend zeigt uns, dass Tradition und Innovation keine Gegensätze sein müssen. Lassen Sie sich überraschen!»

Das war ihr Stichwort. Leander trat auf die Bühne, ein altes Buch in den Händen. Sein Herz hämmerte, aber seine Stimme war klar, als er zu lesen begann:

«Es war einmal eine Stadt, die ihre Träume verloren hatte… »

Die Geschichte des Traumfänger-Turms floss aus ihm heraus, während hinter ihm leise Musik einsetzte. Zephyr und die Band begannen zu spielen, erst kaum hörbar, dann immer präsenter. Die Melodie verwob sich mit den Worten, schuf etwas Neues, Magisches.

Die Menge war still geworden, gefesselt. Selbst die kleinsten Kinder hörten gebannt zu.

Dann geschah alles sehr schnell.

Klein stürmte zur Bühne.

«Das ist genug!», rief er. «Das ist nicht das vereinbarte Programm! Ich verlange-»

«Sie verlangen gar nichts», unterbrach der Direktor scharf. «Dies ist eine Schulveranstaltung, und ich habe das Programm genehmigt.»

«Aber die Tradition!», protestierte Klein. «Die Kultur! Was Sie hier zulassen, ist die Zerstörung alles Bewährten!»

«Nein», sagte eine neue Stimme. Lisa

war aufgestanden, ihr blaues Haar leuchtete in der Sonne. «Was Sie zerstören wollen, ist die Zukunft. Wie den Proberaum!»

Ein Raunen ging durch die Menge. Bauer trat vor, sein Gesicht rot vor Zorn.

«Vorsicht, junge Dame. Solche Anschuldigungen können Konsequenzen haben.»

«Wie die anonymen Drohungen?», fragte Emma laut. «Wie die Verwüstung des Proberaums?»

Schmidt trat vor, sein Handy in der Hand. Es war mit der Tonanlage verbunden.

«Oder wie Ihre Pläne, die ganze Stadt zu ‚säubern‘?»

Der Hausmeister drückte kurz auf die Abspieltaste. Alle konnten hören, was Schmidt an dem Abend vor dem Probenraum hören konnte.

Bauers Augen weiteten sich.

«Sie haben uns belauscht? Uns auf-

genommen? Das ist illegal! Ich werde-»
«Was werden Sie?», fragte der Bürgermeister, der näher getreten war. «Uns
alle zum Schweigen bringen? Die halbe
Stadt einschüchtern?»

Die Situation eskalierte. Mehr Menschen traten vor, begannen zu erzählen
- von Drohungen, von Erpressung, von
Jahren der Angst.

Bauer wich zurück, sein Gesicht asch-
fahl. Klein neben ihm begann zu stot-
tern, suchte nach Ausflüchten. Aber es
war zu spät - der Damm war gebro-
chen.

«Sie haben meinem Café die Miete ver-
dreifacht, weil ich Poetry Slams ver-
anstalten wollte!», rief eine ältere Frau.

«Und mir haben Sie gedroht, meinen
Kunstladen zu schließen, wenn ich
weiter moderne Künstler ausstelle!»,
kam es von einem Mann in Malerschür-
ze.

Immer mehr Stimmen erhoben sich.
Jahre der Einschüchterung, der ver-

steckten Drohungen, der erzwungenen ‚Tradition' kamen ans Licht.

Der Bürgermeister hatte sein Handy gezückt.

«Ich denke, die Polizei sollte sich das anhören», sagte er ruhig. «Und ich kenne einige Leute bei der Lokalzeitung, die sehr interessiert wären an dieser Geschichte.»

«Da… das können Sie nicht!», keuchte Bauer. «Ich bin ein angesehenes Mitglied dieser Gemeinde! Ich habe Verbindungen!»

«Ja», sagte der Schuldirektor ernst. «Die haben Sie. Und genau das ist das Problem. Zu lange haben wir weggeschaut, weil Sie Einfluss hatten. Aber das endet heute.»

Klein, der die Situation offenbar besser einschätzte als sein Verbündeter, versuchte, sich davonzuschleichen. Aber eine Gruppe Schüler - angeführt von Lisa - versperrte ihm den Weg.

«Warten Sie», sagte Zephyr plötzlich. Er

trat von der Bühne, die Gitarre noch in der Hand. Das Gespräch zwischen Bauer und Klein war inzwischen wieder abgeschaltet. «Bevor Sie gehen - ein letztes Lied?»

Ohne auf eine Antwort zu warten, begann er zu spielen - eine alte Fabelroder Volksweise an, die jedes Kind in der Stadt kannte. «Das Lied vom Traumfänger», das seit Generationen überliefert wurde. Doch er spielte es anders, verwob moderne Klänge mit der traditionellen Melodie, während die Band behutsam einstimmte.

Erst waren es nur einzelne Stimmen, die das vertraute Lied aufnahmen, dann immer mehr. Jung und Alt, Traditionelle und Moderne - sie alle kannten die Worte, auch wenn sie sie noch nie so gehört hatten.

Die alte Geschichte, neu erzählt, verband die Menschen auf dem Platz.

Und als der letzte Refrain verklang, ging Zephyr nahtlos in seinen neuen

Song über.

Diesmal sang er allein, begleitet von der Band, während die Menge andächtig lauschte. Das Lied war wie ein Versprechen für die Zukunft, aufbauend auf dem Fundament der Vergangenheit.

Leander stand noch immer auf der Bühne, das alte Buch in den Händen. Er sah zu, wie sich die Menge bewegte, wie Menschen sich umarmten, wie Tränen flossen und Lachen ausbrach. Wie seine Stadt, seine geliebte, märchenhafte Stadt, endlich frei durchatmete.

Zephyr kam zu ihm auf die Bühne, seine Augen leuchteten.

«Weißt du was?», sagte er leise. «Ich glaube, das ist eine Geschichte, die man sich noch lange erzählen wird.»

«Die Geschichte, wie Musik und Bücher Fabelrode retteten?», lächelte Leander.

«Die Geschichte, wie die Liebe zur Kunst stärker war als die Angst», korrigierte Zephyr. Er zog Leander an sich. «Und wie ein schüchterner Buchhändler seinen Mut fand.»

«Mit Hilfe eines rebellischen Musikers», fügte Leander hinzu.

Ihr Kuss wurde von Applaus und Jubel begleitet, aber sie bemerkten es kaum.

Über ihnen ragte der Traumfänger-Turm in den Sommerhimmel, und zum ersten Mal seit langem schien sein metallenes Netzwerk nicht mehr zu fangen, sondern zu strahlen - als würden all die gefangenen Träume endlich frei.

Es war der Beginn einer neuen Geschichte für Fabelrode. Einer Geschichte von Harmonie statt Kontrolle, von Vielfalt statt Einheitlichkeit.

Und für Leander und Zephyr?

Für sie war es nur das erste Kapitel.

Epilog

Die Herbstsonne warf warme Streifen durch die hohen Fenster von «Sonnes Bücherstube & Kulturcafé». Ja, Kulturcafé - nach den Ereignissen des Sommers hatte Leander einen Teil des Ladens umgebaut.

Wo früher verstaubte Regale standen, gab es nun eine kleine Bühne und gemütliche Sitzecken.

Emma balancierte geschickt ein Tablett mit Kaffeetassen durch die gut besuchten Tische. An den Wänden hingen Konzertplakate neben antiquarischen Buchcover-Drucken, und aus den dezent platzierten Lautsprechern erklang leise Musik - die neue EP der Band, die letzte Woche erschienen war.

Die Türglocke klingelte, und Zephyr kam herein, gefolgt von einer Gruppe aufgeregter Teenager - seine neue Musikklasse.

Nach Kleins Verhaftung hatte der Direktor ihm den Job als Musiklehrer angeboten.

«Zeit für frischen Wind», hatte er gesagt.

«Wie war der Unterricht?», fragte Leander, als Zephyr sich zu ihm hinter den Tresen stahl und ihm einen schnellen Kuss gab.

«Fantastisch», strahlte Zephyr. «Du hättest Lisa hören sollen - ihre Interpretation von Beethoven auf der E-Gitarre war geradezu revolutionär.»

Leander lachte.

«Das hätte Herrn Klein sicher gefallen.»

«Oh, der hat gerade andere Sorgen», mischte sich Emma ein. Sie hielt die Lokalzeitung hoch. «Schaut mal - Bauer und Klein wurden verurteilt. Zwei Jahre auf Bewährung, plus Bauer muss wegen der Erpressungen und unzulässigen Mieterhöhungen alle seine Immobilien verkaufen.»

«Die Stadt hat die meisten aufgekauft»,

nickte Zephyr. «Sie werden in bezahlbare Kulturräume umgewandelt. Proberäume, Ateliers, kleine Theater…»

«Eine kulturelle Renaissance», sagte Emma zufrieden.

Leander sah sich in seinem veränderten Laden um. Die alten Bücher waren noch da, sorgfältig gepflegt und geliebt wie immer. Aber sie teilten sich den Raum nun mit neuen Geschichten - mit Musik, mit Leben, mit Zukunft.

Am Abend, als die letzten Gäste gegangen waren, standen Leander und Zephyr vor dem Laden und blickten zum Traumfänger-Turm hinauf. Seine Spitze glitzerte im Mondlicht, und manchmal, wenn der Wind richtig stand, konnte man ein leises Klingen hören.

«Glaubst du, deine Mutter wäre stolz?», fragte Zephyr leise und schlang einen Arm um Leanders Taille.

Leander lehnte sich an ihn.

«Ja», sagte er. «Sie hat immer gesagt,

Bücher sind zum Leben da, nicht zum Verstauben. Genau wie Musik.»

«Genau wie wir», flüsterte Zephyr und küsste ihn.

Über ihnen fing der große Traumfänger das Mondlicht ein und warf es in schillernden Farben über die Stadt - eine Stadt, die endlich wieder zu träumen wagte.

Asher und Kian
Geheimmission Liebe

Prolog

Der Regen prasselte unablässig gegen die Fensterscheiben des Hochhauses, während Kian Aylwin die Zahlen auf seinem Bildschirm anstarrte. Es war bereits nach Mitternacht, und das Büro der First Metro Bank lag verlassen da. Nur das bläuliche Licht seines Monitors erhellte den Raum, warf gespenstische Schatten an die Wände.

Etwas stimmte nicht mit den Transaktionen. Kian rieb sich die müden Augen, aber die Muster blieben. Millionenbeträge, die durch ein Netzwerk von Offshore-Konten flossen, perfekt verschleiert für den flüchtigen Blick. Aber Kian hatte schon immer ein Auge für Muster gehabt. Als Kind hatte er Mathematik geliebt, die klare Logik der Zahlen, die Art, wie sie Geschichten erzählten, wenn man nur genau genug hinsah.

Diese Geschichte war dunkel.

Die Konten gehörten zu Dragan Vasil, einem der einflussreichsten Geschäftsmänner der Stadt. Auf den ersten Blick sahen die Transaktionen legal aus - Investitionen, Aktienkäufe, normale Geschäftstätigkeiten. Aber Kian hatte wochenlang die Daten analysiert, Verbindungen hergestellt, Muster erkannt. Was er fand, ließ sein Blut gefrieren.

Ein Geräusch ließ ihn zusammenzucken. Schritte im Flur? Um diese Zeit sollte niemand mehr hier sein. Kian speicherte hastig die Daten auf einen USB-Stick, löschte seine Spuren im System. Seine Hände zitterten leicht, als er den Stick in seine Tasche steckte.

Die Schritte kamen näher. Kian schaltete seinen Monitor aus und duckte sich hinter seinen Schreibtisch. Durch die Glaswand seines Büros sah er zwei Männer den Gang entlanggehen. Ihre dunklen Anzüge und die professionelle Art, wie sie sich bewegten, verrieten, dass sie keine gewöhnlichen Sicherheitsleute waren.

Sein Herz hämmerte in seiner Brust, während er wartete, bis die Männer vorbeigegangen waren. Was er entdeckt hatte, war größer als simple Geldwäsche. Es war ein ausgeklügeltes System von Finanztransaktionen, das nur einen Zweck haben konnte: die Vorbereitung einer globalen Marktmanipulation.

Kian wusste, dass er eine Entscheidung treffen musste. Er könnte schweigen, so tun, als hätte er nichts gesehen. Weiterleben wie bisher. Aber die Zahlen in seinem Kopf ließen ihm keine Ruhe. Das Ausmaß der Manipulation würde Millionen von Menschen betreffen, könnte ganze Volkswirtschaften destabilisieren.

Mit zitternden Fingern zog er sein Handy heraus. Die Nummer des FBI war schnell gefunden. Sein Finger schwebte über der Wähltaste.

Ein weiteres Geräusch - diesmal näher.
Kian erstarrte. Im Glasreflex der gegen-
überliegenden Wand sah er einen
Schatten, der sich seiner Bürotür
näherte.
Er traf seine Entscheidung.

Kapitel 1: Der Auftrag

Drei Wochen später…

Asher Floss erwachte wie jeden Morgen um 0600, noch bevor sein Wecker klingelte. Alte Gewohnheiten aus seiner Zeit bei den Special Forces starben nur schwer. Der Übergang vom Schlaf zur vollständigen Wachheit erfolgte augenblicklich - eine weitere militärische Prägung, die ihm schon mehrmals das Leben gerettet hatte.

Die kleine Wohnung im zwölften Stock war spartanisch eingerichtet, aber makellos ordentlich. Asher absolvierte seine Morgenroutine mit militärischer Präzision. Zwanzig Minuten für das Training - Liegestütze, Klimmzüge an der Stange im Türrahmen, Dehnübungen, die seine alte Schulterverletzung aus Kandahar berücksichtigten. Zehn Minuten für die Dusche, eiskalt wie immer. Fünf Minuten, um sich zu rasieren und die ersten grauen Strähnen in seinem kurzen schwarzen Haar zu ignorieren.

Während der Kaffee durchlief, überprüfte er seine Ausrüstung. Die modifizierte Glock 19 war gereinigt und einsatzbereit, die Ersatzmagazine gefüllt. Das Kampfmesser mit der Keramikklinge - ein Geschenk seines alten Teamführers - war frisch geschärft. Die kugelsichere Weste unter seinem Schrank zeigte keine Beschädigungen.

Der Bildschirm seines Laptops zeigte eine neue verschlüsselte Nachricht von Protectorate Solutions. Asher nahm einen Schluck Kaffee, während er die Entschlüsselung startete. Die Sicherheitsfirma hatte ihm in den letzten Monaten regelmäßig Aufträge verschafft - meist Personenschutz für reiche Geschäftsleute oder diskrete Überwachungsarbeiten. Gut bezahlt, relativ risikoarm, aber oft langweilig.

Diese Nachricht war anders.

«DRINGEND: Briefing 0800, Hauptquartier. Höchste Sicherheitsstufe. Bring volle Ausrüstung.»

Asher runzelte die Stirn. Der letzte Auftrag dieser Priorität lag Monate zurück - die Evakuierung eines Whistleblowers aus einer amerikanischen Botschaft. Die Operation war erfolgreich gewesen, aber knapp. Zu knapp.

Er schaltete die Nachrichten ein, während er sich anzog. Die Börsenkurse zeigten seltsame Schwankungen, Experten sprachen von «ungewöhnlichen Marktbewegungen». Nichts Konkretes, aber genug, um sein Interesse zu wecken.

Das Telefon klingelte. Die Nummer war unterdrückt.

«Floss.»

«Asher.» Die Stimme war ihm vertraut - Captain Sarah Martinez, seine ehemalige Vorgesetzte bei den Special Forces. «Ich hab gehört, du arbeitest für Protectorate Solutions.»

«Sarah. Es ist lange her.» Drei Jahre, um genau zu sein. Seit der Mission in Kandahar, die alles verändert hatte. «Was verschafft mir die Ehre?»

«Hör zu, ich kann nicht lange reden. Aber wenn sie dir heute einen Auftrag geben - sei vorsichtig. Es geht um mehr, als sie dir sagen werden.»

«Was meinst du damit?»

«Ich kann nicht... Verdammt.» Ihre Stimme wurde leiser. «Pass auf dich auf, Ash. Und vertrau niemandem vollständig.»

Die Verbindung brach ab. Asher starrte einen Moment auf das Telefon. Sarah hatte ihm in Kandahar das Leben gerettet. Wenn sie warnte, hatte das einen Grund.

Er holte die alte Metallbox unter seinem Bett hervor. Darin lag seine Notfallausrüstung - Dinge, die er seit seiner Zeit beim Militär aufbewahrt hatte. Zusätzliche Verschlüsselungsgeräte. Ein internationales Satellitentelefon. Gefälschte

Pässe. Bargeld in verschiedenen Währungen.

Nach kurzem Zögern packte er alles in seine Einsatztasche. Sarahs Warnung hallte in seinen Ohren nach. «Vertrau niemandem vollständig.»

Der Verkehr war dicht, als er sich auf den Weg zum Hauptquartier von Protectorate Solutions machte. Asher nutzte die Zeit, um nachzudenken. Seine Jahre beim Militär hatten ihn gelehrt, auf sein Bauchgefühl zu hören. Und im Moment schrie alles in ihm, dass dieser Auftrag anders sein würde.

Das Hauptquartier war ein modernes Glasgebäude im Geschäftsviertel. Die Sicherheitsmaßnahmen waren beeindruckend - biometrische Scanner, bewaffnete Wachen, modernste Überwachungstechnik. Aber Asher wusste, dass die besten Sicherheitssysteme nutzlos waren, wenn der Feind von innen kam.

In der Lobby erwartete ihn Emily Barnes, die Operations-Direktorin. Ihre grauen Haare waren kurz geschnitten, ihre Haltung militärisch präzise. Etwas in ihren Augen erinnerte Asher an Sarah - der gleiche harte Blick von jemandem, der zu viel gesehen hatte.

«Mr. Floss. Folgen Sie mir bitte.»

Sie führte ihn nicht in den üblichen Konferenzraum, sondern in den gesicherten Bereich im Untergeschoss. Die Wände hier waren aus Beton statt Glas, die Türen schwer gepanzert.

«Was ich Ihnen jetzt zeige», sagte Emily, während sie eine weitere Sicherheitstür öffnete, «unterliegt höchster Geheimhaltung. Wenn Sie den Auftrag ablehnen, werden Sie ein Schweigeabkommen unterzeichnen müssen.»

Der Raum dahinter war klein und fensterlos. An der Wand lief ein Nachrichtenticker. Auf einem großen Bildschirm waren Finanzdaten zu sehen, Aktienkurse, Währungsschwankungen. Und in der Mitte des Raums - ein Foto.

Asher trat näher. Ein junger Mann, vielleicht Anfang dreißig. Blonde Haare, intelligente grüne Augen, die Haltung eines Menschen, der lieber mit Zahlen als mit Menschen arbeitet.

«Kian Aylwin», sagte Emily. «Bis vor drei Wochen leitender Analyst bei der First Metro Bank. Jetzt unser wichtigster Zeuge gegen eine der gefährlichsten kriminellen Organisationen der Welt.»

Emily legte eine dicke Akte auf den Tisch. «Was wissen Sie über das Schattenkonsortium?»

«Nicht viel mehr als Gerüchte», antwortete Asher vorsichtig. «Eine internationale Verbrecherorganisation, spezialisiert auf Finanzkriminalität. Aber die meisten halten sie für einen Mythos.»

«Kein Mythos.» Emily öffnete die Akte. Fotos von luxuriösen Villen, Privatjets, Überwachungsaufnahmen von Treffen in exklusiven Restaurants. «Das

Konsortium existiert seit Jahrzehnten. Sie operieren im Verborgenen, manipulieren Märkte, kaufen Politiker, destabilisieren ganze Länder für Profit.»

Sie zeigte auf ein Foto eines distinguiert aussehenden älteren Mannes. «Dragan Vasil. Der derzeitige Kopf des Konsortiums. Offiziell ein erfolgreicher Geschäftsmann und Philanthrop. Inoffiziell…»

Sie schob weitere Fotos über den Tisch. Leichen. Ausgebrannte Gebäude. Bankkonten mit astronomischen Summen.

«Vor drei Wochen entdeckte Kian Aylwin Unregelmäßigkeiten in Vasils Konten bei der First Metro Bank», fuhr Emily fort. «Statt wegzuschauen wie seine Kollegen, begann er nachzuforschen. Was er fand…» Sie holte tief Luft. «Das Konsortium plant etwas Großes. Eine koordinierte Attacke auf die globalen Finanzmärkte. Die Schwankungen, die wir jetzt sehen, sind nur der Anfang.»

Asher studierte die Unterlagen. Die Zahlen ergaben ein erschreckendes Bild.

«Wie hat Aylwin überlebt?»

«Knapp.» Emily schaltete einen weiteren Bildschirm ein. Überwachungsaufnahmen zeigten Kian, der nachts aus einem Bürogebäude flüchtete, verfolgt von zwei Männern in dunklen Anzügen. «Er hatte den Verstand, Kopien der Beweise an verschiedenen Orten zu verstecken. Das Konsortium kann ihn nicht einfach verschwinden lassen - sie müssen erst wissen, wo die Beweise sind.»

«Wo ist er jetzt?»

«In einem sicheren Haus am Stadtrand. Aber…» Emily zögerte. «Wir haben Grund zur Annahme, dass das Konsortium Verbindungen in unsere Organisation hat. Deswegen brauchen wir jemanden von außen. Jemanden mit Ihren Fähigkeiten.»

Sarahs Warnung echote in Ashers Kopf. ‚Vertrau niemandem vollständig.' Er sah sich die Fotos noch einmal an. Kian Aylwin sah nicht aus wie ein Held. Er sah aus wie ein Mann, der zufällig über etwas gestolpert war, das größer war als er - und trotzdem das Richtige getan hatte.

«Was genau ist meine Aufgabe?»

«Holen Sie ihn aus dem sicheren Haus. Bringen Sie ihn an einen Ort, den nur Sie kennen. Beschützen Sie ihn, bis er vor Gericht aussagen kann - in einer Woche.» Emilys Augen fixierten Asher. «Das Konsortium wird alles versuchen, ihn zum Schweigen zu bringen. Sie haben Killer angeheuert, Kopfgelder ausgesetzt. Einige der gefährlichsten Männer der Welt sind bereits in der Stadt.»

Asher dachte an seine eigene Militärzeit, an die Missionen, die schiefgegangen waren. An die Kameraden, die er verloren hatte. Vielleicht war das seine

Chance, etwas von dem wiedergutzu-
machen.

«Eine Bedingung», sagte er. «Ich arbeite
mit meinem eigenen Team.»

Emily hob eine Augenbraue.

«Sie arbeiten normalerweise allein.»

«Dieser Job ist zu groß für einen Mann.
Ich kenne jemanden - ein ehemaliger
Kommunikationsspezialist der Special
Forces. Der Beste, den ich je gesehen
habe.»

Emily nickte.

Auf dem Weg zu seinem Wagen rief
Asher eine verschlüsselte Nummer an.
Nach dem dritten Klingeln nahm
jemand ab.

«Ich dachte, du wärst tot», sagte eine
raue Stimme.

«Nicht ganz, Caleb. Ich brauche deine
Hilfe.»

Eine Pause.

«Kandahar?»

«Kandahar.»

Ein leises Lachen.

«Verdammt, Ash. Du weißt, wie man einen Mann aus dem Ruhestand holt. Schick mir die Details.»

Kapitel 2: Erste Begegnung

Das sichere Haus lag in einem unauffälligen Vorort - ein zweistöckiges Gebäude mit verwitterter Fassade und überwuchertem Vorgärten. Asher parkte seinen Wagen drei Straßen entfernt und näherte sich zu Fuß, alle Sinne geschärft. Seine Jahre beim Militär hatten ihn gelehrt, dass «sichere» Häuser oft die gefährlichsten Orte waren.

Während er die Umgebung analysierte, dachte er an Kandahar zurück. An die Mission, die als einfache Aufklärung begann und in einer Katastrophe endete. Sarah hatte das Team geführt, Caleb war für die Kommunikation zuständig gewesen. Sie hatten nicht gewusst, dass der Feind ihre Frequenzen abhörte. Der Hinterhalt kam aus dem Nichts…

Asher schob die Erinnerungen beiseite. Jetzt war nicht der Moment für alte Geister.

«Ich habe Zugriff auf die Überwachungskameras der Umgebung», kam Calebs Stimme über den getarnten Ohrstöpsel. Der Kommunikationsspezialist hatte sich in einem Van zwei Kilometer entfernt eingerichtet. «Bisher keine verdächtigen Bewegungen. Aber etwas fühlt sich falsch an.»

«Inwiefern?»

«Die offiziellen Sicherheitsprotokolle sind zu offensichtlich. Als ob jemand wollte, dass sie gefunden werden.»

Asher blieb stehen.

«Eine Falle?»

«Möglich. Oder eine sehr clevere Täuschung.» Caleb tippte im Hintergrund. «Ich hacke mich gerade in die internen Systeme. Gib mir eine Minute.»

Asher nutzte die Zeit, um das Haus genauer zu studieren. Die Fenster waren mit kugelsicherem Glas verstärkt, die Türen mit biometrischen Schlössern gesichert. Standard-Protectorate-Protokolle. Aber Caleb hatte Recht - es war zu offensichtlich.

«Okay, ich bin drin», meldete Caleb. «Zwei Wachen im Erdgeschoss, eine im Obergeschoss. Aylwin ist im Arbeitszimmer - er analysiert seit Stunden Daten auf einem isolierten Laptop.»

«Legitimation der Wachen?»

«Das ist das Seltsame. Sie wurden erst vor zwei Tagen zugeteilt. Die ursprünglichen Wachen wurden ohne Erklärung versetzt.»

Asher spürte, wie sich die Haare in seinem Nacken aufstellten. Sein Instinkt schrie Gefahr.

«Überprüf die neuen Wachen», befahl er, während er sich dem Haus von der Rückseite näherte.

Einige Sekunden Stille, dann ein leises Fluchen von Caleb.

«Verdammt. Die Beglaubigungen sind gefälscht. Meisterhaft gefälscht, aber…

Diese Männer sind nicht von Protecto-rate.»

«Konsortium?»

«Wahrscheinlich. Sie müssen einen Insider bei Protectorate haben.»

Asher zog seine Waffe.

«Wie lange brauchen sie, um zu merken, dass wir ihre Systeme hacken?»

«Minuten, vielleicht Sekunden. Was ist der Plan?»

«Plan B.» Asher aktivierte das Stör-signal an seinem Gürtel - ein Geschenk von Caleb, das lokale Kommuni-kationssysteme lahmlegen konnte. «Sei bereit für eine schnelle Extraktion.»

Er bewegte sich lautlos zur Hintertür. Seine Hand glitt in seine Tasche, holte einen kleinen elektronischen Decoder hervor - ein weiteres Überbleibsel aus seiner Militärzeit. Das Schloss knackte nach wenigen Sekunden.

Im Haus war es still. Zu still.

Asher bewegte sich wie ein Schatten

durch die Küche, alle Sinne geschärft. Der erste «Wachmann» stand im Flur, seine Haltung verriet militärisches Training. Asher wartete auf den richtigen Moment, dann bewegte er sich.

Der Mann hatte keine Chance. Ein präziser Griff, ein Druck auf den Nervenpunkt am Hals - lautlos sank er zu Boden. Asher fesselte ihn schnell mit Kabelbindern.

«Einer erledigt», flüsterte er. «Wo sind die anderen?»

«Einer kommt die Treppe runter», meldete Caleb. «Der dritte ist bei Aylwin im Arbeitszimmer.»

Asher presste sich in den Schatten neben der Treppe. Der zweite Wachmann war ebenso professionell wie der erste, aber er rechnete nicht mit einem Angriff von hinten. Sekunden später lag auch er gefesselt am Boden.

Das Arbeitszimmer lag am Ende des Flurs. Die Tür war geschlossen, aber Asher konnte Stimmen hören.

«… keine andere Wahl, Mr. Aylwin», sagte eine Stimme mit leichtem osteuropäischen Akzent. «Sagen Sie uns, wo die anderen Beweise sind, und wir machen es schnell.»

«Ich…» Kians Stimme zitterte leicht, aber er klang gefasster, als Asher erwartet hatte. «Sie verstehen nicht. Es geht nicht nur um die Beweise. Was Vasil plant, wird Millionen Menschen ruinieren.»

«Das ist nicht Ihr Problem. Letzte Chance.»

Asher trat die Tür ein.

Die Zeit schien sich zu verlangsamen, als Asher den Raum stürmte. Der falsche Wachmann war gut - seine Hand bewegte sich bereits zu seiner Waffe, als die Tür aufsprang. Aber Asher war besser.

Zwei schnelle Schüsse aus der schallgedämpften Glock. Einer traf den Mann in die Schulter, der zweite in sein Knie. Er ging zu Boden, die Waffe rutschte über den Parkettboden.

Kian Aylwin saß am Schreibtisch, die Augen weit vor Überraschung. Er sah jünger aus als auf dem Foto, erschöpft von den Wochen auf der Flucht, aber in seinen grünen Augen lag eine bemerkenswerte Entschlossenheit.

«Asher Floss, Protectorate Solutions», sagte Asher knapp, während er den verletzten Mann fesselte. «Wir müssen hier raus. Sofort.»

«Warten Sie.» Kian griff nach seinem Laptop. «Die Daten…»

«Keine Zeit. Das Haus ist kompromittiert.» Asher überprüfte schnell den gefesselten Mann - keine Erkennungsmarken, aber die Tätowierung an seinem Handgelenk war interessant. «Spetsnaz», murmelte er. «Vasil holt die großen Geschütze raus.»

«Agent Floss…» Kian zögerte. «Woher weiß ich, dass ich Ihnen vertrauen kann?»

Eine berechtigte Frage. Asher hielt inne

und sah Kian direkt an. «Sie wissen es nicht. Aber im Moment bin ich Ihre beste Chance zu überleben. Diese Männer», er deutete auf den Verletzten, «sind professionelle Killer. Es werden mehr kommen.»

Als hätte das Schicksal seine Worte bestätigen wollen, meldete sich Caleb über den Kommunikator.

«Bewegung am Haupttor. Drei SUVs, schwer bewaffnete Männer steigen aus. Ihr habt vielleicht zwei Minuten.»

Kian brauchte nur Sekunden, um zu entscheiden. Er nickte, packte seinen Laptop und einen kleinen Rucksack.

«Caleb», sagte Asher in den Kommunikator, «wir brauchen einen Ausweg.»

«Garage. Ich habe einen Wagen für euch vorbereitet. Aber ihr müsst schnell sein - sie umstellen das Haus.»

Sie bewegten sich zum Treppenhaus. Asher ging voran, seine Waffe bereit. Er spürte Kians Präsenz hinter sich - der Mann bewegte sich leiser als erwartet, folgte Ashers Anweisungen ohne Zögern.

In der Garage stand ein schwarzer SUV.

«Die Schlüssel sind unter der Sonnenblende», informierte Caleb. «Ich habe die Garage bereits gehackt. Auf mein Signal öffnet sich das Tor.»

Plötzlich hallten Schüsse durch das Haus.

«Sie sind drin!», rief Caleb. «Bewegung auf allen Etagen!»

«Einsteigen!», befahl Asher. Er schubste Kian auf den Beifahrersitz und sprang hinters Steuer. Der Motor heulte auf.

«Jetzt!», rief Caleb.

Das Garagentor öffnete sich ratternd. Gleichzeitig stürmten bewaffnete Männer in die Garage. Kugeln prasselten gegen die gepanzerte Karosserie.

Asher trat das Gaspedal durch. Der SUV schoss nach vorne, direkt auf die Angreifer zu. Die meisten sprangen zur Seite, aber einer war zu langsam - er wurde von der Stoßstange erfasst und zur Seite geschleudert.

Sie rasten die Auffahrt hinunter. Im Rückspiegel sah Asher, wie die anderen SUVs die Verfolgung aufnahmen.

«Drei Verfolger», meldete Caleb. «Schwer bewaffnet. Ich versuche, euch einen Weg durch den Verkehr zu bahnen.»

Kian klammerte sich am Armaturenbrett fest, als Asher den Wagen in eine scharfe Kurve zwang. «Sie haben das Haus die ganze Zeit überwacht, oder?», fragte er, erstaunlich ruhig angesichts der Situation.

«Ja. Die Wachen waren ausgetauscht. Protectorate hat ein Leck.»

Eine Salve aus automatischen Waffen zerschmetterte die Heckscheibe. Asher riss das Steuer herum, bog in eine enge Seitenstraße ein.

«Festhalten!», rief er und trat die Bremse. Der SUV schlitterte herum, jetzt die Verfolger direkt in der Schusslinie. Asher zog eine kompakte MP7 unter dem Sitz hervor. «Übernehmen Sie das Steuer!»

Sie tauschten die Plätze in einer fließenden Bewegung. Kian erwies sich als überraschend guter Fahrer, während Asher mehrere präzise Schüsse auf die Reifen der Verfolger abgab. Der erste SUV geriet ins Schleudern, krachte in eine Hauswand.

«Zwei übrig», meldete Caleb. «Aber ich orte weitere Fahrzeuge, die sich nähern. Sie haben die halbe Stadt mobilisiert!»

«Wir brauchen einen sicheren Ort», keuchte Kian, während er den Wagen durch den dichten Verkehr manövrierte.

«Ich kenne einen», sagte Asher. «Aber wir müssen erst diese Verfolger abschütteln.» Er sah Kian von der Seite an. Der Mann war blass, aber seine Hände waren ruhig am Steuer.

«Vertrauen Sie mir?»

Ihre Blicke trafen sich für einen Moment. Etwas blitzte in Kians Augen auf - Entschlossenheit, vielleicht auch etwas anderes.

«Nächste Kreuzung links», wies Asher an. «Dann sofort in die Tiefgarage des Einkaufszentrums.»

Kian nickte konzentriert und riss das Steuer herum. Die Reifen quietschten auf dem Asphalt. Die beiden verbliebenen Verfolger-SUVs waren ihnen dicht auf den Fersen.

«Sie haben vor, was ich denke?», fragte Kian, als er die Einfahrt zur Tiefgarage sah.

«Wenn Sie ,ein Auto gegen zwei tauschen' denken, dann ja.» Asher lud seine MP7 nach. «Das Zentrum hat vier Ausgänge und sechs Parkebenen. Perfekt für eine Täuschung.»

«Caleb», sprach er in den Kommunikator, «wir brauchen eine Ablenkung. Und Zugriff auf die Garagensteuerung.»

«Schon dabei», kam die Antwort. «Ich habe zwei weitere Fahrzeuge aktiviert.

Fernsteuerung über das Sicherheitssystem. Nicht elegant, aber effektiv.»

Sie rasten in die Tiefgarage, das Quietschen der Reifen hallte von den Betonwänden wider. Kian navigierte geschickt zwischen den parkenden Autos.

«Dort!», rief Asher und deutete auf einen silbernen Sedan. «Perfekt für einen unauffälligen Abgang.»

Kaum hatten sie den SUV verlassen, sprangen zwei andere Fahrzeuge in der Garage wie von Geisterhand gesteuert an. Sie rasten in verschiedene Richtungen davon, während Asher den Sedan kurzschloss.

«Beeindruckende Fahrkünste», bemerkte er, während Kian auf den Beifahrersitz glitt. «Wo haben Sie das gelernt?»

«Zwei Jahre Fahrradkurier während des Studiums», antwortete Kian mit einem schwachen Lächeln. «Man lernt schnell, oder man überlebt nicht lange im Stadtverkehr.»

Die Verfolger-SUVs rasten an ihnen vorbei, jagten den ferngesteuerten Ködern hinterher. Asher wartete einen Moment, dann fuhr er langsam und unauffällig aus der Garage - durch einen anderen Ausgang.

«Die Ablenkung hat funktioniert», meldete Caleb. «Sie folgen den Ködern. Aber sie werden schnell merken, dass sie getäuscht wurden.»

«Dann sollten wir die Zeit nutzen.» Asher lenkte den Wagen durch ruhige Nebenstraßen. «Wie geht es Ihnen, Mr. Aylwin?»

Kian lehnte sich zurück, die Anspannung der letzten Stunden forderte ihren Tribut.

«Nennen Sie mich Kian. Und… ich weiß nicht. Alles fühlt sich unwirklich an.» Er rieb sich die Augen. «Vor einem Monat war ich noch ein normaler Bankangestellter. Jetzt bin ich in einer Verfolgungsjagd mit professionellen Killern.»

«Sie haben sich gut geschlagen», sagte Asher anerkennend. «Viele hätten in der Situation die Nerven verloren.»

«Vielleicht bin ich einfach zu erschöpft für Panik.» Kian sah aus dem Fenster. «Oder zu wütend. Was ich gefunden habe… es ist unglaublich. Vasil und das Konsortium, sie spielen mit dem Leben von Millionen Menschen, als wäre es ein Schachspiel.»

Asher warf ihm einen Seitenblick zu. In Kians Stimme lag eine Intensität, die ihn überraschte. Dies war kein verängstigter Whistleblower, der zufällig über etwas gestolpert war. Hier war jemand, der bewusst eine moralische Entscheidung getroffen hatte, trotz der Konsequenzen.

«Wir sind gleich da», sagte er. «Caleb hat ein sicheres Versteck vorbereitet. Dort können Sie mir alles erzählen.»

Sie bogen in eine unscheinbare Seitenstraße im Industriegebiet ein. Zwischen verfallenen Lagerhallen und stillgelegten Fabriken lag ein scheinbar verlassenes Gebäude.

«Nicht sehr einladend», kommentierte Kian.

«Das ist der Punkt.» Asher parkte den Wagen in einer versteckten Garage. «Die beste Tarnung ist, keine Aufmerksamkeit zu erregen.»

Die Tür öffnete sich, bevor sie ausgestiegen waren. Caleb stand im Eingang, sein linksseitig gelähmter Arm in einer speziellen Schlinge. Trotz seiner Behinderung strahlte er eine natürliche Autorität aus.

«Willkommen in meinem bescheidenen Reich», sagte er mit einem schiefen Lächeln. «Ich hoffe, Sie mögen Technik, Mr. Aylwin. Wir haben hier einiges davon.»

Kapitel 3: Das Versteck

Das Innere des Gebäudes strafte sein heruntergekommenes Äußeres Lügen. Caleb hatte die alte Lagerhalle in ein hochmodernes Kommandozentrum verwandelt. Bildschirme bedeckten die Wände, zeigten Überwachungsfeeds, Nachrichtenkanäle und Datenströme. Hochleistungscomputer summten leise im Hintergrund.

«Beeindruckend», murmelte Kian, während sein Blick über die technische Ausrüstung glitt. Seine Augen leuchteten mit professionellem Interesse. «Ist das ein modifiziertes Quantum-Encryption-System?»

Caleb hob überrascht eine Augenbraue. «Sie kennen sich mit Kryptographie aus?»

«Teil meiner Arbeit bei der Bank.» Kian trat näher an einen der Bildschirme. «Wir mussten ständig neue Sicherheitsprotokolle entwickeln. Das Konsortium… sie sind Meister darin, Systeme zu infiltrieren.»

«Deswegen sind wir hier offline», erklärte Caleb. «Keine externen Verbindungen außer über speziell gesicherte Kanäle. Selbst das Stromnetz ist unabhängig.» Er deutete auf eine Tür. «Hinten gibt es einen Wohnbereich. Küche, Betten, sogar eine Dusche. Nicht luxuriös, aber sicher.»

Asher, der bisher schweigend die Umgebung analysiert hatte, nickte anerkennend. «Du hast dich gut eingerichtet, Caleb.»

«Nach Kandahar…» Caleb zuckte mit seiner gesunden Schulter. «Ich brauchte einen Ort, von dem aus ich weiter kämpfen konnte. Nur eben anders als früher.»

Kian bemerkte den Schatten, der über Ashers Gesicht huschte.

«Was ist in Kandahar passiert?»

«Eine Geschichte für einen anderen

Tag», sagte Asher knapp. «Jetzt müssen wir uns auf die Gegenwart konzentrieren. Das Konsortium wird nicht aufgeben.»

Sie versammelten sich um einen zentralen Arbeitstisch. Kian holte seinen Laptop hervor und begann, Daten auf die Hauptbildschirme zu übertragen.

«Das hier habe ich in der Bank gefunden», erklärte er. Komplexe Finanzdaten erschienen, Transaktionsmuster, Firmenverflechtungen. «Vasil hat ein Netzwerk aus Scheinfirmen aufgebaut. Aber das ist nur die Oberfläche. Die wirklich interessanten Daten…» Er tippte einige Befehle. «Sehen Sie hier.»

Die Bildschirme füllten sich mit neuen Diagrammen. Asher und Caleb beugten sich vor.

«Das sind Algorithmen», sagte Caleb langsam. «Hochkomplexe Trading-Algorithmen.»

«Genau.» Kians Stimme wurde intensiver. «Sie haben jahrelang Daten gesammelt, Handelsmuster studiert. Der Plan ist brillant in seiner Bösartigkeit. Sie werden nicht nur einzelne Märkte manipulieren - sie werden das gesamte globale Finanzsystem attackieren.»

«Wie?», fragte Asher.

«Stellen Sie sich eine Kettenreaktion vor. Es beginnt mit scheinbar zufälligen Marktschwankungen. Kleine Unregelmäßigkeiten, die Panik erzeugen. Die Algorithmen nutzen diese Panik, verstärken sie. Währungen brechen ein, Börsen crashen. Und in diesem Chaos…»

«…kauft das Konsortium alles auf», vollendete Caleb. «Für Centbeträge.»

«Die größte feindliche Übernahme der Geschichte», nickte Kian. «Nicht von einem Unternehmen, sondern der gesamten Weltwirtschaft.»

Asher studierte die Daten.

«Wann?»

«Bald. Die Vorbereitungen laufen

bereits. Die Schwankungen, die wir jetzt sehen, sind Tests. Sie kalibrieren ihre Systeme.» Kian rieb sich müde die Augen. «In spätestens einer Woche wird es losgehen.»

«Die Verhandlung», murmelte Caleb. «Deswegen wollen sie Sie so dringend zum Schweigen bringen. Wenn Sie aussagen, bevor der Plan in Gang gesetzt wird… »

Ein Alarm unterbrach ihn. Einer der Bildschirme zeigte neue Aktivitäten.

«Verdammt», fluchte Caleb und hämmerte auf seine Tastatur. «Jemand durchsucht systematisch die Industriegebiete. Professionelle Suchtrupps, mindestens vier Teams.»

«Sie werden uns finden», sagte Kian leise. «Es ist nur eine Frage der Zeit.»

Asher trat zu ihm, legte eine Hand auf seine Schulter. Die Berührung war überraschend sanft.

«Nein. Sie haben es bis hierher geschafft. Wir beschützen Sie.»

Ihre Blicke trafen sich. In der angespannten Stille schien etwas zwischen ihnen zu knistern, eine unerwartete Verbindung.

Caleb räusperte sich diskret. «Wir sollten uns auf alle Eventualitäten vorbereiten. Ich habe weitere sichere Häuser, Fluchtwege, alternative Identitäten… »

«Warte», unterbrach Asher. «Ich muss noch jemanden kontaktieren.» Er zog sein Satellitentelefon hervor. «Sarah hat mich gewarnt. Vielleicht weiß sie mehr.»

Das Satellitentelefon klingelte dreimal, bevor Sarah sich meldete. Ihre Stimme klang angespannt.

«Verdammt, Ash. Ich hatte gehofft, du würdest den Auftrag ablehnen.»

«Zu spät.» Asher aktivierte den Lautsprecher, damit die anderen mithören konnten. «Was weißt du, Sarah?»

Ein kurzes Zögern. «Es ist größer als wir dachten. Kandahar… es war kein

Zufall, dass die Mission schiefging. Das Konsortium hatte seine Finger im Spiel.»

Asher erstarrte. Neben ihm sah er, wie Caleb sich versteifte, seine gesunde Hand zur Faust geballt.

«Was meinst du damit?», fragte er, seine Stimme gefährlich ruhig.

«Die Waffenlieferungen, die wir verfolgt haben? Sie führten zu einer von Vasils Scheinfirmen. Wir waren zu nahe dran, etwas aufzudecken.» Sarahs Stimme wurde leiser. «Sie haben uns absichtlich in den Hinterhalt gelockt, Ash. Um uns zum Schweigen zu bringen.»

Die Wucht dieser Enthüllung traf den Raum wie eine physische Kraft. Kian sah, wie sich Ashers Gesichtszüge verhärteten, wie alte Narben plötzlich deutlicher hervortraten.

«Deswegen bist du zu Interpol gewechselt», sagte Caleb langsam. «Du hast weiter ermittelt.»

«Ja. Und jetzt, mit Mr. Aylwins Entdeckungen… alle Puzzleteile fügen sich zusammen.» Papierrascheln war zu hören. «Das Konsortium baut seit Jahren an diesem Plan. Die Waffengeschäfte, die Geldwäsche, die Marktmanipulationen - alles Teil eines größeren Bildes.»

«Wie viel Zeit haben wir?», fragte Asher.

«Nicht viel. Sie haben Killer aus aller Welt angeheuert. Die besten im Geschäft. Und…» Sie zögerte. «Es gibt noch etwas, Asher.» Sarahs Stimme klang angespannt. «Emily Barnes… ihre Identität ist gefälscht. Anna Petrov, unsere Kontaktperson aus Kandahar, hat sich bei mir gemeldet. Sie wurde monatelang gefangen gehalten, konnte erst kürzlich entkommen.»

«Was meinst du damit?»

«Jemand hat ihre Identität gestohlen - eine Konsortiums-Agentin. Sie gibt sich als Emily Barnes bei Protectorate Solutions aus, nutzt manchmal auch Annas Namen. Sie ist gefährlich, Ash. Sehr gefährlich.»

«Warum erzählst du mir das erst jetzt?»

«Weil die echte Anna sich wieder eingeschleust hat. Sie sammelt Beweise, arbeitet im Verborgenen. Sie wird sich melden, wenn der richtige Zeitpunkt kommt. Aber bis dahin - spiel mit. Tu so, als würdest du Barnes vertrauen. Lass sie glauben, sie hätte dich getäuscht. Ich muss aufhören. Passt auf euch auf. Und Ash… es tut mir leid wegen Kandahar. Ich hätte es früher erkennen müssen.»

Die Verbindung brach ab. Stille füllte den Raum.

Asher stand am Fenster, seine Körperhaltung angespannt wie eine Feder. Kian trat zu ihm, zögerte kurz, dann legte er eine Hand auf Ashers Arm.

«Was ist in Kandahar passiert?», fragte er sanft.

Asher drehte sich nicht um, aber seine

Stimme war rau vor unterdrückter Emotion.

«Wir verloren drei gute Männer in diesem Hinterhalt. Caleb wurde schwer verwundet. Ich...» Er brach ab, seine Schultern verkrampften sich. «Ich hätte sie retten müssen.»

«Es war nicht deine Schuld», sagte Caleb von seinem Platz aus. «Wir wurden alle getäuscht.»

Kian spürte die Wärme von Ashers Körper unter seiner Hand, die kaum merkliche Art, wie er sich in die Berührung lehnte.

«Sie können es jetzt richtigstellen», sagte er leise. «Wir können es richtigstellen.»

Asher drehte sich zu ihm um. Ihre Gesichter waren sich plötzlich sehr nahe. In Ashers Augen sah Kian einen Sturm von Emotionen - Schmerz, Wut, aber auch etwas Wärmeres, etwas, das sein Herz schneller schlagen ließ.

Der Moment wurde von einem weiteren Alarm unterbrochen. Caleb fluchte.

«Sie kommen näher. Zwei Teams, weniger als einen Kilometer entfernt. Und…» Er tippte hektisch. «Sie haben eine Art Scanner dabei. Suchen nach elektronischen Signaturen.»

«Wie lange?», fragte Asher, sofort wieder der Profi.

«Zwanzig Minuten, maximal.»

«Dann packen wir. Nur das Nötigste.» Asher ging bereits zum Waffenschrank. «Caleb, aktivier das Notfallprotokoll. Kian…» Er hielt inne, ihre Blicke trafen sich. «Bleiben Sie in meiner Nähe.»

Die nächsten Minuten waren ein kontrolliertes Chaos aus Vorbereitungen. Während Caleb seine wichtigsten Systeme herunterfuhr und Daten löschte, half Asher Kian beim Packen.

«Hier», sagte er und reichte ihm eine leichte kugelsichere Weste. «Unter der Jacke. Und das…» Er zog eine kompakte Pistole hervor. «Wissen Sie, wie man damit umgeht?»

Kian nahm die Waffe zögernd.

«Theoretisch. Ich... hatte mal einen Kurs.»

«Gut. Nur für den absoluten Notfall.» Asher trat näher, half ihm beim Anlegen der Weste. Seine Hände waren effizient, aber sanft. «Ich werde nicht zulassen, dass Ihnen etwas passiert», sagte er leise, fast ein Flüstern.

«Zehn Minuten», warnte Caleb, während er letzte Befehle in sein System eingab. «Sie haben sich aufgeteilt. Systematische Suchmuster.»

Asher überprüfte ein letztes Mal ihre Ausrüstung. Zwei Taschen mit dem Nötigsten - Waffen, Munition, Erste-Hilfe-Ausrüstung, verschlüsselte Kommunikationsgeräte. Kians Laptop und die wichtigsten Daten waren sicher verstaut.

«Der Tunnel?», fragte er Caleb.

«Noch frei. Aber sie werden ihn bald finden.» Caleb aktivierte eine versteckte

Wandtafel, die einen schmalen Gang enthüllte. «Ich habe den Van am anderen Ende positioniert. Zwei Kilometer durch die alten Wartungstunnel.»

Ein dumpfes Dröhnen ließ sie aufhorchen.

«Helikopter», murmelte Asher. «Sie setzen Wärmebildkameras ein.»

«Die Tunnel sind abgeschirmt», sagte Caleb. «Alte Bleiverkleidung aus dem Kalten Krieg. Perfekt für…» Er verstummte, als sein System einen neuen Alarm ausgab.

«Verdammt. Emily Barnes ist hier.»

Eine Explosion erschütterte das Gebäude. Staub rieselte von der Decke.

«Keine Zeit mehr für Diskussionen», entschied Asher. «Caleb, aktivier das Notfallprotokoll. Kian, mit mir. Jetzt!»

Sie hasteten in den Tunnel, während hinter ihnen Schüsse fielen. Caleb aktivierte die Schließmechanismen - schwere Stahltüren, die sich nacheinander schlossen.

Der Tunnel war eng und feucht. Ihre Schritte hallten von den alten Betonwänden wider, während sie sich vorwärts bewegten. Kian stolperte in der Dunkelheit, aber Ashers Hand fand sofort seinen Arm, stützte ihn.

«Vorsichtig», murmelte er. «Der Boden ist uneben.»

Über ihnen waren dumpfe Explosionen zu hören. Das Konsortium versuchte sich gewaltsam Zugang zu verschaffen.

«Sie haben den Tunneleingang gefunden», meldete Caleb über den Kommunikator. «Zwei Teams folgen uns. Emily… sie hält sie irgendwie auf.»

«Was bedeutet das?», keuchte Kian, während sie weiter rannten.

«Später», schnitt Asher ab. «Jetzt müssen wir… »

Ein ohrenbetäubender Knall unterbrach ihn. Die Tunnelwand neben ihnen explodierte. Durch die Staubwolke tauchten bewaffnete Gestalten auf.

Asher reagierte instinktiv. Er warf sich gegen Kian, riss ihn hinter einen Betonpfeiler. Seine MP7 bellte, die Schüsse hallten ohrenbetäubend durch den engen Tunnel.

«Zurück!», schrie er. «Caleb, wir brauchen einen anderen Weg!»

«Zwanzig Meter voraus», kam die angespannte Antwort. «Seitengang links. Ich sperre die Schotten dahinter.»

Sie rannten los, während hinter ihnen weitere Schüsse fielen. Kian spürte, wie eine Kugel an seinem Kopf vorbeizischte. Ohne nachzudenken, zog er seine eigene Waffe, feuerte blind in Richtung ihrer Verfolger.

Der Seitengang war noch enger als der Haupttunnel. Sie zwängten sich hindurch, während hinter ihnen schwere Stahlschotten zuschnappten.

«Das wird sie nicht lange aufhalten», keuchte Caleb. «Diese Jungs sind gut ausgerüstet.»

«Wie weit noch?», fragte Asher, während er Kian durch eine besonders enge Passage half.

«Hundert Meter bis zum Van. Aber…» Caleb verstummte plötzlich.

«Caleb?»

Statisches Rauschen in der Leitung, dann: «Bewegung vor uns. Mindestens vier Mann. Sie haben den Ausgang gefunden.»

Asher fluchte leise. Sie waren gefangen - Verfolger hinter ihnen, ein Empfangskomitee vor ihnen.

«Hier.» Er zog Kian in eine kleine Nische. Im schwachen Licht ihrer Taschenlampen waren ihre Gesichter nur Zentimeter voneinander entfernt. «Ich habe einen Plan, aber er wird Ihnen nicht gefallen.»

Kian spürte Ashers Atem an seiner Wange, warm und beruhigend trotz der Situation.

«Erzählen Sie.»

«Wir teilen uns auf.»

«Nein», protestierte Kian sofort. «Das

ist zu gefährlich.»

«Hören Sie mir zu.» Ashers Hand fand Kians im Dunkeln, drückte sie fest. «Ich lenke sie ab, führe sie weg. Caleb bringt Sie zum Van und dann zu einem seiner anderen Verstecke.»

«Nein», wiederholte Kian mit überraschender Festigkeit. Seine Hand umklammerte Ashers. «Ich lasse Sie nicht allein da raus gehen.»

«Es ist die einzige… »

«Nein, ist es nicht.» Kians Augen glänzten im Dunkeln. «Wir haben es bis hierher zusammen geschafft. Wenn wir uns trennen, gewinnen sie.»

Eine weitere Explosion erschütterte den Tunnel. Staub rieselte auf sie herab.

«Er hat Recht», kam Calebs Stimme über den Kommunikator. «Ich habe eine andere Idee. Die alten Tunnel… sie führen zu einem Wartungsschacht der U-Bahn. Wenn wir die Verfolger in verschiedene Richtungen locken… »

Ein Schuss hallte durch den Gang,

gefolgt von einem überraschten Schrei.

Dann Emilys Stimme: «Asher? Kian? Ich habe die vorderen Teams ausgeschaltet, aber es kommen mehr!»

Asher und Kian tauschten einen schnellen Blick.

«Können wir ihr trauen?», flüsterte Kian.

«Wir werden so tun», murmelte Asher. Lauter rief er: «Emily? Was machen Sie hier?»

«Kandahar», kam die sofortige Antwort. «Ich war dort, Asher. Nicht als Emily Barnes, sondern als Anna Petrov. Tiefe Verdeckung im russischen Geheimdienst. Ich habe versucht, das Konsortium zu infiltrieren, aber…» Sie brach ab. Weitere Schüsse waren zu hören. «Keine Zeit für Erklärungen. Folgt mir!»

Sie traten aus ihrer Nische. Emily - oder Anna - stand am Ende des Ganges, zwei ausgeschaltete Gegner zu ihren Füßen. Ihre Kleidung war staubbedeckt, aber ihre Haltung war professionell wie immer.

«Der U-Bahn-Schacht», sagte sie. «Ich kenne einen Weg durch die alten Servicekanäle.»

Sie bewegten sich schnell durch die Tunnel, während hinter ihnen die Verfolger näher kamen. Emily führte sie sicher durch ein Labyrinth von Gängen.

«Ich versuche seit Monaten, Vasil zu stoppen», erklärte sie im Laufen. «Der Plan ist noch perfider als Sie denken. Die Finanzkrise ist nur der Anfang. Sie wollen das Chaos nutzen, um… »

‚Emily' führte sie durch die Tunnel, scheinbar helfend. Aber Asher bemerkte die kleinen Zeichen - wie sie sie systematisch tiefer in das Labyrinth führte, weg von den Hauptausgängen.

«Hier entlang», sagte sie. «Ich kenne einen sicheren Weg.»

Asher tauschte einen Blick mit Kian.

Als sie die große Wartungshalle erreichten, schlug Emily zu. Ihre freundliche

Maske fiel, als sie ihre Waffe auf sie richtete.

«Ihr wart gut», sagte sie kalt. «Aber das Konsortium ist besser. Vasil wird-»

Ein Schuss hallte durch die Halle. Emily taumelte, eine Kugel hatte ihre Schulter getroffen.

Die echte Anna trat aus den Schatten. Sie war älter als ihre Doppelgängerin, ihr Gesicht von Narben gezeichnet. «Hallo, Asher. Tut mir leid, dass ich so lange gebraucht habe.»

«Die Kandahar-Codes?», fragte Asher, seine Waffe noch immer erhoben.

«Sierra-Echo-Victor-Echo-November», antwortete Anna ohne Zögern.

«Geht!», sagte sie nun. «Ich kümmere mich um sie. Sie wird die Verstärkung zu euch führen - ich halte sie auf.»

«Anna...», begann Asher.

«Sarah hat mir von Ihnen erzählt», sagte sie knapp. «Von Kandahar. Von dem, was Sie für das Team getan haben. Jetzt ist es an mir, etwas zurückzugeben.» Ein grimmiges Lächeln huschte über ihr vernarbtes Gesicht. «Diese Tunnel waren Teil meiner ursprünglichen Mission, bevor das Konsortium mich schnappte. Ich habe Sprengladungen an strategischen Punkten platziert. Sie wird nicht weit kommen.»

Als hätte das Schicksal ihre Worte bestätigen wollen, hallten gedämpfte Explosionen durch die Tunnel. Die falsche Anna hatte offensichtlich eine der Fallen ausgelöst.

«Los jetzt!», drängte die echte Anna. «Der Helikopter wartet. Ich treffe euch beim vereinbarten Punkt.»

Sie warf ihm ein verschlüsseltes Satellitentelefon zu.

«Sarah hat alles vorbereitet.» Ihr Blick wanderte zu Kian, wurde für einen Moment weicher. «Passen Sie auf sich auf. Beide.»

Sie erreichten einen größeren Tunnel - einen alten U-Bahn-Wartungsgang. Ihre Schritte hallten von den gekachelten

Wänden.

«Dort vorne ist eine Service-Plattform», meldete Caleb über den Kommunikator. «Ich habe den Van umpositioniert. Noch dreihundert Meter.»

Kian keuchte vor Erschöpfung, aber er hielt durch. Asher lief dicht hinter ihm, eine beschützende Präsenz.

Plötzlich flammten Lichter vor ihnen auf. Ein Team in Schwarz trat aus den Schatten, Waffen erhoben.

«Das endet hier», sagte eine Stimme mit schwerem russischen Akzent.

Die Zeit schien stillzustehen. Asher analysierte blitzschnell die Situation - vier Männer, professionelle Haltung, schwere Bewaffnung. Der Tunnel bot kaum Deckung.

«Waffen runter», befahl der Russe. «Langsam.»

Asher spürte Kian neben sich erstarren. Dann, fast unmerklich, eine Bewegung seiner Hand - er aktivierte etwas an seinem Laptop in der Tasche.

Plötzlich erloschen alle Lichter im Tunnel. Absolute Dunkelheit.

«Nachtsichtgeräte!», bellte der Russe.

Aber Kian war noch nicht fertig. Ein hochfrequenter Ton durchschnitt die Luft - das Geräusch von Feedback in den elektronischen Systemen der Angreifer. Die Nachtsichtgeräte wurden zu nutzlosen, blendenden Displays.

«Runter!», schrie Asher und zog Kian mit sich zu Boden.

Im selben Moment krachte es von hinten. Emily - Anna - war durch einen Nebentunnel gekommen. Ihre Schüsse waren präzise, zwei der Männer gingen sofort zu Boden.

Asher rollte zur Seite, feuerte aus der Bewegung. Ein dritter Mann fiel. Der Russe, offensichtlich der Anführer, hechtete in Deckung.

«Beeindruckender kleiner Trick», keuchte Kian neben Asher.

«Elektromagnetischer Impuls», erklärte

er atemlos. «Eingebaut in den Laptop. Für Notfälle.»

«Sie sind voller Überraschungen, Mr. Aylwin», kam Annas Stimme aus der Dunkelheit.

Ihr Gegner nutzte den Moment, um eine Salve blindlings in ihre Richtung zu feuern. Die Kugeln prallten von den Tunnelwänden ab.

«Gebt auf!», rief er. «Ihr könnt nicht entkommen. Das Konsortium ist überall!»

«Nicht mehr lange», murmelte Kian. Dann, lauter: «Sie verlieren, verstehen Sie das nicht? Ich habe Beweise für alles. Vasils Algorithmen, die Geldwäsche, die geplante Marktmanipulation…»

Ein humorloses Lachen hallte durch den Tunnel. «Sie verstehen gar nichts. Der Finanzcrash ist nur der Anfang. Wenn die Märkte fallen, wenn die Panik einsetzt…» Er lachte wieder. «Die Menschen werden nach Ordnung schreien. Nach Kontrolle. Und das Konsortium wird sie ihnen geben.»

«Ein Staatsstreich», keuchte Anna.

«Durch die Hintertür der Wirtschaft.»

«Die alte Ordnung ist korrupt», spie der Russe. «Vasil wird eine neue schaffen. Eine bessere.»

«Nein», sagte Kian fest. «Er wird scheitern. Weil es immer Menschen geben wird, die aufstehen und nein sagen.»

Der Russe antwortete mit einer weiteren Salve aus seiner Waffe. Aber in der Dunkelheit verriet das Mündungsfeuer seine Position.

Drei Schüsse hallten gleichzeitig durch den Tunnel - von Asher, Anna und Kian. Der Russe taumelte, fiel.

Stille senkte sich über den Tunnel.

«Caleb?», fragte Asher in den Kommunikator.

«Zwei Minuten bis zum Ausgang», kam die Antwort. «Aber beeilt euch. Ich orte weitere Teams, die sich nähern.»

Sie bewegten sich schnell durch die

Dunkelheit, Asher führte Kian sicher um Hindernisse herum. Anna bildete die Nachhut.

«Das erklärt einiges», sagte sie leise. «Warum Vasil so viele Politiker und Beamte gekauft hat. Warum er Geheimdienstler rekrutiert. Er bereitet das schon lange vor.»

«Wie sind Sie da hineingeraten?», fragte Kian.

«Ich sollte ihn ursprünglich für den FSB ausspionieren. Aber je tiefer ich grub...» Sie verstummte kurz. «Sagen wir, ich erkannte, dass einige meiner Vorgesetzten auch auf seiner Gehaltsliste standen. Also ging ich zu Interpol.»

Sie erreichten eine schwere Stahltür. Dahinter wartete der Van, Motor bereits laufend.

«Kommen Sie mit?», fragte Asher.

Anna schüttelte den Kopf. «Ich habe noch einen Job zu erledigen. Kontakte zu aktivieren, Beweise zu sichern.» Sie sah zwischen Asher und Kian hin und her, ein kleines Lächeln auf ihren Lippen. «Passt aufeinander auf.»

Bevor sie antworten konnten, war sie in einem Seitentunnel verschwunden.

Im Van wartete Caleb.

«Nettes Chaos da unten», kommentierte er trocken. «Wohin jetzt?»

Asher und Kian tauschten einen Blick. In der Enge des Tunnels, in der Hitze des Gefechts, hatte sich etwas zwischen ihnen verändert. Eine Verbindung, die über professionelle Pflicht hinausging.

«Ich kenne einen Ort», sagte Asher schließlich. «Ein altes Safehouse aus meiner Militärzeit. Abgelegen, gut gesichert.»

«Und dann?», fragte Kian leise.

«Dann», sagte Asher und nahm seine Hand, «bereiten wir uns auf den wirklichen Kampf vor.»

Kapitel 4: Das Safehouse

Die Fahrt durch die Nacht dauerte zwei Stunden. Caleb navigierte den Van über verlassene Landstraßen, während Asher und Kian im hinteren Teil die Ausrüstung überprüften und ihre Verletzungen versorgten.

«Hier», murmelte Asher und reichte Kian ein Erste-Hilfe-Kit. «Die Schnittwunde an Ihrem Arm sollte desinfiziert werden.»

Kian zuckte zusammen, als das Antiseptikum die Wunde berührte. Er hatte nicht einmal bemerkt, dass er verletzt worden war - zu viel Adrenalin. Ashers Hände waren überraschend sanft, während er die Wunde versorgte.

«Sie hätten Arzt werden können», scherzte Kian schwach.

Ein kleines Lächeln huschte über Ashers Gesicht. «Feldmedizin. Grundausbildung bei den Special Forces.»

Seine Finger verweilten einen Moment länger als nötig auf Kians Arm. «Wie fühlen Sie sich?»

«Erschöpft. Verängstigt.» Kian hielt inne. «Aber seltsam lebendig.»

Ihre Blicke trafen sich im dämmrigen Licht des Vans. Die Spannung zwischen ihnen war fast greifbar.

«Tut mir leid, dass ich das romantische Intermezzo unterbreche», rief Caleb von vorne, «aber wir haben Gesellschaft. Schwarzer SUV, drei Kilometer hinter uns.»

Asher war sofort alamiert. «Konsortium?»

«Schwer zu sagen. Sie halten Abstand, aber sie folgen definitiv.»

«Dort vorne», sagte Asher und deutete durch die Windschutzscheibe. «Der alte Forstweg. Den kennen nur wenige.»

Caleb bog scharf ab. Der Van holperte über den unebenen Waldweg, während der Verfolger näher kam.

«Sie geben sich nicht mal mehr Mühe,

es zu verbergen», murmelte Caleb.

«Weil sie denken, sie haben uns in der Falle», sagte Asher grimmig. Er griff nach seiner Waffe. «Kian, bleiben Sie unten. Caleb, bei meinem Signal…»

Ein ohrenbetäubendes Krachen unterbrach ihn. Der Van wurde von der Seite getroffen, schleuderte auf dem schmalen Weg.

«Zweiter Wagen!», schrie Caleb. «Sie haben uns eingekeilt!»

Kian wurde gegen die Wandung geschleudert. Asher fing ihn auf, zog ihn schützend an sich.

«Festhalten!», rief Caleb und riss das Steuer herum.

Der Van durchbrach das Unterholz, raste einen steilen Hang hinunter. Äste peitschten gegen die Scheiben. Die Verfolger waren direkt hinter ihnen.

«Da vorne!», rief Asher. «Die alte Brücke!»

«Bist du wahnsinnig?», keuchte Caleb. «Die ist seit Jahren gesperrt!»

«Genau.»

Kian verstand plötzlich den Plan. «Die Brücke wird unser Gewicht nicht halten.»

«Nein», bestätigte Asher und zog etwas aus seiner Tasche. «Aber sie wird lange genug halten.»

Die Holzbrücke tauchte vor ihnen auf - alt, verwittert, ein Relikt aus vergangenen Zeiten. Darunter gähnte eine tiefe Schlucht.

«Bereit?», fragte Asher und umklammerte Kian fester.

Der Van erreichte die Brücke. Die Holzplanken ächzten unter dem Gewicht. Die Verfolger waren dicht auf.

«Jetzt!», schrie Asher.

Caleb trat aufs Gas. Der Van schoss über die ächzende Brücke. Im selben Moment warf Asher etwas aus dem Fenster - eine kleine, zylindrische Vorrichtung, die auf den morschen Holzplanken landete.

Die Verfolger rasten hinter ihnen her,

genau wie Asher es vorausgesehen hatte. Als ihr erster Wagen die Mitte der Brücke erreichte, drückte er den Auslöser.

Die Explosion war präzise kalkuliert - stark genug, um die bereits geschwächte Struktur zu zerstören, aber nicht so stark, dass sie ihren eigenen Van gefährdete. Die Brücke brach mit einem ohrenbetäubenden Krachen auseinander.

Im Rückspiegel sahen sie, wie die Verfolgerfahrzeuge in die Schlucht stürzten.

«Verdammt», keuchte Caleb. «Das war...»

«Präzisionssprengstoff», erklärte Asher ruhig. «Aus meiner Zeit bei den Special Forces. Für Notfälle aufgehoben.»

Kian, der noch immer in Ashers Armen lag, spürte das Adrenalin durch seinen Körper pumpen. «Sie sind voller Überraschungen, Mr. Floss.»

Ashers Lippen verzogen sich zu einem

kleinen Lächeln.

«Asher», korrigierte er sanft. «Ich denke, nach allem sind wir über Förmlichkeiten hinaus.»

Ihre Blicke trafen sich.

Die Anspannung der letzten Stunden, die geteilte Gefahr, die körperliche Nähe - alles schien sich in diesem Moment zu verdichten. Kian wurde sich Ashers Wärme überdeutlich bewusst, der starken Arme, die ihn noch immer hielten.

«Wenn ihr zwei fertig seid mit dem Flirten», unterbrach Caleb trocken, «wir nähern uns dem Safehouse.»

Das Safehouse entpuppte sich als eine gut getarnte Hütte, tief im Wald versteckt. Von außen wirkte sie verfallen, aber Kian bemerkte schnell die versteckten Sicherheitssysteme - Bewegungsmelder, getarnte Kameras, verstärkte Türen.

«Willkommen in der ‚Wildnis-Lodge'», sagte Asher, während er die komplexen

Schlösser öffnete. «Offiziell ein verlassenes Jagdhaus. Inoffiziell einer der sichersten Orte, die ich kenne.»

Das Innere war überraschend komfortabel. Ein großer Wohnraum mit Kamin, eine voll ausgestattete Küche, mehrere Schlafzimmer. Und, wie Kian schnell feststellte, ein hochmoderner Kommunikationsraum im Keller.

«Beeindruckend», murmelte er, während er die Systeme begutachtete. «Militärstandard?»

«Besser», sagte Caleb, der bereits begann, seine Ausrüstung aufzubauen. «Das hier ist meine persönliche Modifikation. Absolut abhörsicher.»

Die nächsten Stunden verbrachten sie damit, sich einzurichten. Caleb richtete seine Überwachungssysteme ein, während Asher das Haus und das Gelände sicherte. Kian nutzte die Zeit, um die gesammelten Daten zu analysieren.

Es war bereits nach Mitternacht, als Asher ihn in der Küche fand, umgeben von Datentabellen und Analysen.

«Sie… du solltest dich ausruhen», sagte er sanft.

Kian rieb sich die müden Augen.

«Zu viel zu tun. Diese Muster hier…» Er deutete auf den Bildschirm. «Vasils Plan ist noch komplexer als wir dachten. Die Finanzkrise ist nur der Auslöser. Wenn die Märkte crashen, wenn die sozialen Systeme zusammenbrechen…» Er schluckte schwer. «Sie haben strategische Positionen in Regierungen, Militär, Medien. Alles vorbereitet für den ‚Tag X‘.»

Asher trat näher, eine Hand landete auf Kians Schulter. Die Berührung war warm, beruhigend. «Wir werden sie aufhalten.»

Kian drehte sich zu ihm um. In der schwach beleuchteten Küche waren Ashers Züge weicher, die übliche professionelle Maske etwas gelockert.

«Wie kannst du so sicher sein?»

«Weil du die Beweise hast. Weil wir ein

gutes Team sind.»

Asher zögerte kurz, dann hob er eine Hand, strich sanft über Kians Wange.

«Und weil ich nicht zulasse, dass dir etwas passiert.»

Die Spannung zwischen ihnen wurde fast greifbar. Kian lehnte sich unbewusst in die Berührung, sein Herz hämmerte in seiner Brust.

«Asher», flüsterte er.

Der Moment wurde von einem lauten Piepen aus dem Überwachungsraum unterbrochen.

«Kommt her!», rief Caleb aus dem Überwachungsraum. «Ihr müsst das sehen!»

Der Moment zwischen ihnen zerbrach. Ashers Hand glitt von Kians Wange, aber seine Augen versprachen ein ‚später'.

Sie eilten in den Keller.

Caleb hatte mehrere Nachrichtenfeeds auf den Bildschirmen. Die Schlagzeilen ließen sie erstarren:

«GLOBALE BÖRSENPANIK - Märkte brechen weltweit ein»

«BANKEN SCHLIESSEN FILIALEN - Elektronische Systeme ausgefallen»

«REGIERUNGEN RUFEN ZU RUHE AUF - Notfallsitzungen einberufen»

«Es hat begonnen», flüsterte Kian. Seine Finger flogen über die Tastatur, riefen Finanzdaten auf. «Die Algorithmen… sie sind aktiv. Perfekt getimed, während die asiatischen Märkte öffnen.»

«Wie lange?», fragte Asher.

«Bis der Schaden irreparabel ist? Vielleicht 24 Stunden.» Kian analysierte die Daten. «Sie nutzen eine Kaskade von automatisierten Trades. Jeder Crash triggert den nächsten. Ein sich selbst verstärkender Kreislauf.»

Eine neue Nachricht erschien - von Anna: «V plant Treffen. Aurora Tower. Morgen Nacht. Alle Führungskräfte anwesend. Letzte Phase wird initiiert.»

«Der Aurora Tower?» Caleb pfiff leise. «Das bestgesicherte Gebäude der Stadt.

Vasils persönliche Festung.»

«Auch eine Festung hat Schwachstellen», sagte Asher. Er beugte sich über Calebs Schulter, studierte die Baupläne des Towers. «Wenn wir reinkommen, während sie alle dort sind…»

«Wäre Selbstmord», unterbrach Caleb. «Das Gebäude ist voller Söldner. Modernste Sicherheitssysteme. Biometrische Scanner, Bewegungsmelder, bewaffnete Drohnen.»

«Aber es ist unsere Chance», sagte Kian leise. Alle sahen ihn an. «Denkt darüber nach. Die komplette Führung des Konsortiums an einem Ort. Die Beweise direkt vor uns. Wenn wir Vasils Hauptserver erreichen könnten…»

«…könntest du die Algorithmen stoppen», vollendete Asher.

Ihre Blicke trafen sich.

In Kians Augen lag die gleiche Entschlossenheit, die Asher schon im Tunnel gesehen hatte.

«Es wäre ein Himmelfahrtskommando», warnte Caleb.

«Dann brauchen wir einen verdammt guten Plan», sagte Asher. Er trat näher an Kian heran, ihre Schultern berührten sich. «Bist du dabei?»

Statt einer Antwort drehte Kian sich zu ihm um, griff nach seinem Kragen und zog ihn in einen Kuss.

Es war kein sanfter Kuss. Er war voller Dringlichkeit, Angst und unterdrückter Leidenschaft. Ashers Arme schlossen sich um Kians Taille, zogen ihn näher. Für einen Moment vergaßen sie alles - die Gefahr, die Mission, die Welt, die am Abgrund stand.

Caleb räusperte sich übertrieben laut.

«Wenn ihr zwei fertig seid… wir haben einen Tower zu infiltrieren.»

Sie lösten sich voneinander, beide leicht außer Atem. Aber etwas hatte sich verändert. Die unausgesprochene Spannung zwischen ihnen war einer tiefen Gewissheit gewichen.

«Okay», sagte Kian, seine Stimme rau.

«Was ist der Plan?»

Die nächsten Stunden verbrachten sie mit intensiver Vorbereitung. Caleb hackte sich in die Systeme des Towers, studierte Sicherheitsprotokolle und Schichtwechsel. Asher plante die taktischen Details, während Kian die Finanzalgorithmen analysierte.

«Der Hauptserver ist im 60. Stock», erklärte Caleb. «Vasils Penthouse. Höchste Sicherheitsstufe.»

«Was ist mit dem Wartungsschacht?», fragte Asher.

«Zu offensichtlich. Sie werden ihn bewachen.» Caleb projizierte einen neuen Plan an die Wand. «Aber hier… der alte Energietunnel. Er wurde beim Umbau des Towers übersehen.»

«Der Energietunnel wurde bei der letzten Renovierung versiegelt», erklärte Caleb, während er durch die Baupläne scrollte. «Aber er führt direkt unter den Serverraum. Wenn wir uns durch die alten Wartungszugänge bewegen… »

«Werden sie uns dort erwarten», unterbrach Asher. «Vasil ist zu clever, um eine solche Schwachstelle zu übersehen.»

«Genau darauf setze ich.» Caleb grinste. «Sie werden ihre Aufmerksamkeit auf den Tunnel konzentrieren. Während wir…» Er zeigte auf eine andere Stelle des Plans. «Die echte Infiltration erfolgt über das Dach des Nachbargebäudes.»

Kian studierte die Pläne.

«Der Abstand zwischen den Gebäuden beträgt mindestens dreißig Meter.»

«Fünfunddreißig», korrigierte Asher. Seine Hand fand unwillkürlich Kians Rücken, eine nun vertraute Geste. «Nichts, was ein taktischer Gleiter nicht schaffen könnte.»

«Ein was?»

«Experimentelle Militärtechnologie», erklärte Caleb. «Carbonfolie mit integrierten Steuerelementen. Praktisch lautlos.»

«Moment.» Kian drehte sich zu Asher.

«Du willst vom Nachbargebäude zum Tower gleiten? In sechzig Stockwerken Höhe?»

«Wir», korrigierte Asher sanft. «Du kommst mit mir.»

Ihre Blicke trafen sich. Die Sorge in Kians Augen war deutlich, aber auch absolutes Vertrauen.

«Was ist der Rest des Plans?», fragte er schließlich.

«Dreifache Ablenkung», sagte Caleb. «Ich aktiviere den Alarm im Energie-tunnel, ziehe ihre Aufmerksamkeit dorthin. Gleichzeitig startet Anna eine Demonstration vor dem Haupteingang - sie hat bereits Kontakt zu einigen Journalisten aufgenommen, die über die Finanzkrise berichten. Und als drittes… » Er tippte auf seinem Computer. «Ein kleiner Systemausfall im Haupt-stromnetz. Gerade lang genug, dass die Notstromaggregate anspringen müssen.»

«Während des Umschaltens sind die

Sicherheitssysteme für dreißig Sekunden deaktiviert», ergänzte Asher. «Das ist unser Fenster.»

Kian nickte langsam. «Und sobald wir drin sind?»

«Du hackst den Hauptserver, stoppst die Algorithmen. Ich sichere den Raum und…» Asher hielt inne, sein Gesicht wurde hart. «Und hole mir Vasil.»

Die persönliche Vendetta in seiner Stimme war unüberhörbar. Kian griff nach seiner Hand.

Ashers Stimme war kalt.

«Morgen Nacht endet es. Ein für alle Mal.»

Caleb räusperte sich.

«Wir haben noch ein paar Stunden bis zum Treffen. Ihr solltet euch ausruhen.»

Sie nickten. Die nächsten Stunden würden alles entscheiden.

Im Obergeschoss zog Asher Kian in eines der Schlafzimmer. Sobald die Tür geschlossen war, zog er ihn in seine Arme.

«Wenn etwas schief geht…», begann er.
Kian brachte ihn mit einem Kuss zum Schweigen. Anders als ihr erster Kuss war dieser sanft, fast zärtlich.

«Nichts geht schief», flüsterte er gegen Ashers Lippen. «Wir schaffen das. Zusammen.»

Sie sanken aufs Bett, hielten sich einfach fest. Die Welt da draußen mochte am Abgrund stehen, aber für diesen Moment gab es nur sie beide.

«Ich hätte nie gedacht», murmelte Asher in Kians Haar, «dass ich ausgerechnet jetzt… »

«Ich weiß», sagte Kian leise. «Ich auch nicht.»

Sie küssten sich wieder, diesmal mit wachsender Intensität. Ihre Körper fanden einander wie Puzzleteile, die endlich zusammenpassten.

Die Nacht war kurz, aber sie machten das Beste daraus.

Kapitel 5: Der Aurora Tower

Die Nacht war klar und kalt, als sie das Dach des Nachbargebäudes erreichten. Der Aurora Tower ragte vor ihnen auf, seine Glasfassade glitzerte im Mondlicht. In der Ferne waren bereits die ersten Sirenen zu hören - die Finanzkrise hatte Proteste und Unruhen ausgelöst.

«Status?», fragte Asher leise in den Kommunikator.

«Alles bereit», kam Calebs Antwort. «Anna hat die Demonstration vor dem Haupteingang gestartet. Mindestens hundert Menschen, mehr kommen. Die Medien sind auch da.»

Kian trat an die Dachkante, sein Atem bildete kleine Wolken in der kalten Luft. Der Abgrund vor ihnen schien endlos.

«Sicher, dass das funktioniert?», fragte

er, während Asher den taktischen Gleiter auspackte.

«Nein», antwortete Asher ehrlich. Er trat hinter Kian, half ihm in den Spezialanzug. Seine Hände verweilten einen Moment länger als nötig. «Aber ich bin sicher, dass wir es zusammen schaffen.»

Sie hatten die letzten Stunden intensiv genutzt - nicht nur für die körperliche Nähe, die sie beide gebraucht hatten, sondern auch für detailliertes Training. Kian hatte schnell gelernt, wie man den Gleiter steuert, wie man sich lautlos bewegt, wie man im Notfall reagiert.

«Dreißig Sekunden bis zum Stromausfall», meldete Caleb.

Asher zog Kian noch einmal an sich, küsste ihn hart. «Bereit?»

«Mit dir? Immer.»

Der Tower wurde dunkel. Für einen Moment war die ganze Straße in Schwärze getaucht.

«Jetzt!», kommandierte Caleb.

Sie sprangen.

Der Gleiter entfaltete sich lautlos. Kian spürte, wie Asher hinter ihm die Steuerung übernahm. Der Wind pfiff um sie herum, während sie durch die Nacht segelten.

Dreißig Meter. Zwanzig. Zehn.

Sie landeten präzise auf einem schmalen Wartungsbalkon des Towers. Gerade als die Notstromaggregate ansprangen.

«Drin», flüsterte Asher in den Kommunikator. «Caleb?»

«Südlicher Sicherheitstrupp reagiert auf den Tunnel-Alarm. Nördlicher ist bei der Demonstration. Ihr habt etwa drei Minuten bis zur nächsten Patrouille.»

Sie bewegten sich schnell und lautlos durch die Wartungsgänge. Ashers jahrelange Erfahrung und Kians überraschendes Talent für heimliche Bewegungen machten sie zu einem perfekten Team.

Der Serverraum lag hinter einer schweren Stahltür. Kian machte sich sofort an dem elektronischen Schloss zu schaffen, während Asher Wache hielt.

«Zwei Minuten», warnte Caleb.

Kians Finger flogen über das Tastenfeld. Codes, Algorithmen, Sicherheitsprotokolle - alles verschmolz zu einem vertrauten Tanz.

Die Tür öffnete sich mit einem leisen Zischen.

«Beeindruckend», murmelte Asher.

«Ich hatte einen guten Lehrer letzte Nacht», erwiderte Kian mit einem kleinen Lächeln.

Sie schlichen in den Serverraum. Die massive Computeranlage summte leise, Bildschirme zeigten endlose Datenströme.

«Eine Minute dreißig», meldete Caleb. «Und… Moment. Verdammt. Bewegung im Penthouse. Vasil ist früher da als erwartet.»

Kian war bereits an der Hauptkonsole.

«Ich brauche fünf Minuten für den

kompletten Systemzugriff.»

«Die haben wir nicht», sagte Asher grimmig. Er überprüfte seine Waffe. «Ich kümmere mich um Vasil. Du stoppst die Algorithmen.»

«Asher…» Kian griff nach seinem Arm. «Sei vorsichtig.»

Sie küssten sich noch einmal, schnell aber intensiv.

«Ich komme zurück», versprach Asher. «Wir haben noch eine Verabredung zum Frühstück, vergessen?»

Dann war er verschwunden, lautlos wie ein Schatten.

Kians Finger flogen über die Tastatur, während er sich durch die Sicherheits-systeme hackte. Die Algorithmen des Konsortiums waren brillant - ein sich selbst verstärkendes System von Markt-manipulationen, das die globale Wirt-schaft in den Abgrund stürzte.

«Die Märkte in Asien sind komplett eingebrochen», meldete Caleb. «Europa öffnet in zwanzig Minuten. Wenn wir bis dahin die Algorithmen nicht gestoppt haben… »

«Ich bin dran», murmelte Kian. Seine Augen scannten die Codes, suchten nach Mustern, nach Schwachstellen.

Im Penthouse darüber bewegte sich Asher lautlos durch die Schatten. Vasils Stimme war zu hören - er sprach mit jemandem.

«…alles läuft nach Plan. Die Panik ist perfekt. Wenn die europäischen Märkte öffnen… »

«Du unterschätzt unseren Gegner», sagte eine weibliche Stimme. Kian erstarrte - er kannte diese Stimme.

«Emily?», flüsterte er in den Kommunikator. «Also ist sie aus den Tunneln entkommen… »

Im Serverraum arbeitete Kian fieberhaft weiter. Er war nah dran, konnte die Schwachstelle im System fast greifen…

Plötzlich heulten Alarme auf.

«Eindringlinge im System!», rief die falsche Emily/Anna. «Der Serverraum!»

«Kian, raus da!», schrie Caleb. «Sie kommen!»

Aber Kian rührte sich nicht.

«Noch dreißig Sekunden», murmelte er. «Ich hab's gleich…»

Im Penthouse eskalierte die Situation. Asher hatte seine Deckung aufgegeben, konfrontierte Vasil direkt.

«Ah, Mr. Floss», sagte Vasil mit einem kalten Lächeln. «Ich habe mich schon gefragt, wann Sie auftauchen. Kandahar war leider… unvollendet.»

«Sie haben mein Team getötet», knurrte Asher.

«Kollateralschaden», winkte Vasil ab. «Sie verstehen das große Ganze nicht. Die alte Ordnung ist korrupt, schwach. Was wir erschaffen, wird…»

Ein Schuss unterbrach ihn. Aber nicht von Asher - die falsche Emily hatte gefeuert.

«Asher!», schrie Kian in den Kommunikator.

Keine Antwort.

Die Tür zum Serverraum flog auf. Bewaffnete Männer stürmten herein.

«Weg von der Konsole!», bellte einer.

Kians Finger bewegten sich weiter über die Tastatur. Nur noch zehn Sekunden…

Ein Schuss krachte durch den Raum. Kian spürte einen scharfen Schmerz in seiner Schulter, aber er arbeitete weiter.

«System neutralisiert», keuchte er und drückte die letzte Taste.

Die Bildschirme flackerten.

Die Algorithmen brachen zusammen.

Im selben Moment explodierte etwas im Penthouse über ihnen.

Die Explosion erschütterte das gesamte Stockwerk. Durch die aufgerissene Decke des Serverraums sah Kian Flammen und Rauch im Penthouse. Die Wachen waren für einen Moment abgelenkt - lange genug.

Mit schmerzverzerrtem Gesicht warf er sich zur Seite, seine Hand fand die Waffe, die Asher ihm gegeben hatte.

Zwei präzise Schüsse - genau wie in den Trainingsstunden letzte Nacht. Die Wachen gingen zu Boden.

«Asher!», rief er in den Kommunikator. «Asher, antworte!»

Statisches Rauschen, dann: «Bin… beschäftigt.» Ashers Stimme klang angespannt. Schüsse waren zu hören.

«Die Algorithmen sind neutralisiert», meldete Caleb. «Die asiatischen Märkte stabilisieren sich bereits. Aber ihr müsst da raus. Weitere Teams sind unterwegs!»

Kian zwang sich auf die Beine, ignorierte den brennenden Schmerz in seiner Schulter.

Er musste zu Asher.

Die Treppe zum Penthouse war teilweise eingestürzt. Er kletterte vorsichtig durch die Trümmer, der Rauch brannte in seinen Augen.

Die Szene, die ihn erwartete, war chaotisch. Die Explosion hatte die Hälfte des Penthouses verwüstet. Durch die zerstörten Fenster heulte der Wind. Die falsche Emily lag regungslos unter einigen Trümmern.

Asher und Vasil kämpften am anderen Ende des Raums - ein brutaler Nahkampf. Beide Männer waren verletzt, aber keiner gab nach.

«Es ist vorbei, Vasil!», rief Kian. «Die Algorithmen sind gestoppt. Ihre Pläne sind gescheitert!»

Vasil lachte, während er einen von Ashers Schlägen blockte. «Glauben Sie wirklich, das war mein einziger Plan? Die Finanzkrise war nur der Anfang!» Er landete einen harten Treffer in Ashers Seite. «Die Welt wird brennen, und aus der Asche… »

«Wird gar nichts entstehen», unterbrach eine neue Stimme.

Die echte Anna stand im zerstörten Eingang, ihre Waffe auf Vasil gerichtet. Blut lief über ihr Gesicht, aber ihre Hand war ruhig.

«Sie?», keuchte Vasil. «Aber…»

«Überrascht?» Anna lächelte grimmig. «Ihre falsche Anna war gut. Aber nicht gut genug.»

Vasil nutzte die Ablenkung. Er riss sich von Asher los, zog blitzschnell eine versteckte Waffe.

Mehrere Schüsse fielen gleichzeitig.

Kian sah wie in Zeitlupe, wie Asher sich bewegte, sich zwischen ihn und Vasil warf. Er hörte Annas Schrei, spürte warmes Blut…

Vasil taumelte rückwärts, drei Einschusslöcher in seiner Brust. Sein Fuß fand keinen Halt mehr auf dem zerstörten Boden. Mit einem letzten, ungläubigen Blick stürzte er durch das zerbrochene Fenster in die Tiefe.

«Asher!», Kian fing seinen Partner auf, als dessen Beine nachgaben. «Nein, nein, nein…»

«Nur… gestreift», keuchte Asher. «Aber verdammt, das wird eine Narbe geben.»

Die Erleichterung ließ Kian schwindelig

werden. Oder war es der Blutverlust aus seiner eigenen Wunde?

«Bewegung im Treppenhaus!», warnte Caleb. «Ihr müsst sofort raus!»

«Hier entlang», sagte Anna und deutete auf einen Notausgang. «Der Helikopter wartet auf dem Dach. Ich halte sie auf.»

«Anna…», begann Asher.

«Geht!», befahl sie. «Ihr habt euren Teil getan. Lasst mich meinen tun.»

Sie kämpften sich die Treppe zum Dach hoch, beide verwundet, sich gegenseitig stützend. Unter ihnen waren Schüsse zu hören - Anna, die ihnen Zeit erkaufte.

«Status?», keuchte Asher in den Kommunikator.

«Die Märkte stabilisieren sich», antwortete Caleb. «Kians Virenprogramm hat nicht nur die Algorithmen gestoppt, sondern auch Vasils gesamtes Netzwerk infiziert. Seine Daten werden gerade an jede große Nachrichtenagentur der Welt gesendet.»

Der Zugang zum Dach war verschlossen. Asher wollte die Tür eintreten, aber Kian hielt ihn zurück.

«Warte.» Seine Finger, trotz der Schmerzen noch immer geschickt, flogen über das Tastenfeld. «Letzte Lektion von letzter Nacht…»

Die Tür öffnete sich mit einem Klicken. Asher grinste trotz seiner Schmerzen. «Du lernst schnell.»

«Hatte einen guten Lehrer», erwiderte Kian mit einem schwachen Lächeln.

Der Helikopter wartete bereits, Rotoren drehend. Caleb saß am Steuer.

«Beeilung!», rief er. «Wir haben Gesellschaft!»

Kaum saßen sie im Helikopter, eröffneten die ersten Verfolger das Feuer. Caleb riss die Maschine herum, sie schossen in die Nacht hinaus.

«Anna?», fragte Asher, während er Kians Schulterwunde notdürftig versorgte.

«Hat es in einen anderen Helikopter geschafft», meldete Caleb. «Sie ist auf dem Weg zu Interpol. Mit genug Beweisen, um das gesamte Konsortium zu zerschlagen.»

Kian lehnte sich erschöpft an Asher. Die Adrenalinreserven waren aufgebraucht, der Schmerz wurde übermächtig.

«Hey.» Ashers Stimme war sanft. Seine Hand strich über Kians Wange. «Bleib bei mir.»

«Immer», murmelte Kian. «Aber ich könnte eine Pause gebrauchen.»

«Bald», versprach Asher und küsste seine Stirn. «Wir sind gleich da.»

Die Stadt unter ihnen war ein Lichtermeer. In der Ferne ging die Sonne auf, färbte den Horizont rosa. Eine neue Welt erwachte - eine, in der Vasils düstere Vision keine Chance mehr hatte.

Caleb landete den Helikopter auf einem privaten Landeplatz außerhalb der Stadt. Ein medizinisches Team wartete bereits.

«Sarah hat alles organisiert», erklärte

er. «Ihr kommt erstmal in eine sichere Klinik. Danach…» Er grinste. «Nun, ich habe gehört, die Karibik ist schön zu dieser Jahreszeit.»

Während ihre Wunden versorgt wurden, hielten Asher und Kian Händchen. Die letzten Tage erschienen wie ein unwirklicher Traum. Oder ein Albtraum, aus dem sie gemeinsam erwacht waren.

«Was jetzt?», fragte Kian leise.

Asher drückte seine Hand. «Jetzt leben wir. Zusammen.»

«Keine Verschwörungen mehr? Keine nächtlichen Verfolgungsjagden?»

«Nun…» Asher grinste. «Vielleicht ein paar ausgewählte Abenteuer. Mit dem richtigen Partner an meiner Seite.»

Sie küssten sich, sanft und voller Versprechen. Die aufgehende Sonne tauchte den Raum in goldenes Licht.

Die Welt da draußen würde sich erholen. Die Märkte würden sich stabilisieren, das Konsortium würde

fallen, Gerechtigkeit würde siegen.
Aber das war für einen anderen Tag.

Jetzt gab es nur sie beide, vereint durch
Gefahr und Liebe, bereit für einen Neu-
anfang.

«Übrigens», murmelte Asher gegen
Kians Lippen. «Du schuldest mir
immer noch ein Frühstück.»

Kian lachte - ein freies, glückliches
Lachen.

«Lass uns damit anfangen.»

Epilog: Sechs Monate später

Die Morgensonne schien durch die großen Fenster des Strandhauses, warf tanzende Reflexe auf die weißen Wände. Kian stand auf der Terrasse, eine Tasse Kaffee in der Hand, und beobachtete die Wellen, die sanft an den Strand rollten.

Die Narbe an seiner Schulter zog manchmal noch, besonders wenn Regen aufzog, aber sie heilte gut. Genau wie die anderen, unsichtbaren Narben.

Warme Arme schlangen sich von hinten um seine Taille.

«Wieder Albträume?», fragte Asher leise.

«Nein», antwortete Kian und lehnte sich in die Umarmung. «Nur... Gedanken.»

Die letzten Monate waren turbulent

gewesen. Die Enthüllungen über das Konsortium hatten die Welt erschüttert. Regierungen fielen, Konzerne brachen zusammen, neue Gesetze wurden erlassen. Anna - die echte Anna - hatte ganze Arbeit geleistet, das Netzwerk zu zerschlagen.

«Die Nachrichten?», fragte Asher, der seine Gedanken zu lesen schien.

«Mhm. Sie haben heute den letzten der Konsortiums-Banker verhaftet.» Kian drehte sich in Ashers Armen um. «Es fühlt sich immer noch unwirklich an. Als ob…»

«Als ob jeden Moment jemand durch die Tür stürmen könnte?», vollendete Asher mit einem verstehenden Lächeln. Seine Hand strich über Kians Wange. «Das vergeht. Mit der Zeit.»

Sie küssten sich, langsam und vertraut. Der salzige Meerwind wehte um sie herum, trug das Kreischen der Möwen herüber.

Ihr Telefon piepte - eine Nachricht von

Caleb. Er hatte sein eigenes Sicherheits-
unternehmen gegründet, spezialisiert
auf Cyberkriminalität.

«Er hat einen neuen Fall», sagte Kian,
während er die Nachricht las. «Etwas
mit verschwundenen Kryptowäh-
rungen und mysteriösen Servern in
Osteuropa.»

Asher hob eine Augenbraue.

«Interessiert?»

«Wir wollten doch eigentlich Urlaub
machen… »

«Das hier?» Asher grinste und deutete
auf ihr Strandhaus. «Das war Erholung.
Jetzt…» Er zog Kian näher. «Jetzt
könnte ich etwas Action gebrauchen.
Mit dem richtigen Partner.»

Kian lachte.

«Du bist unverbesserlich.»

«Und du liebst es.»

«Ja», sagte Kian sanft. «Das tue ich.»

Sie küssten sich wieder, diesmal leiden-
schaftlicher. Die Welt mochte da
draußen neue Abenteuer bereithalten,

neue Gefahren, neue Herausforde-
rungen. Aber sie würden sie gemeinsam meistern.

Später am Tag kam Anna zu Besuch,
brachte Neuigkeiten aus der Welt der
internationalen Geheimdienste. Sie sah
entspannter aus, die Last der jahre-
langen Undercover-Arbeit von ihren
Schultern gefallen.

«Also», sagte sie, während sie auf der
Terrasse saßen und den Sonnenunter-
gang beobachteten. «Bereit für ein
neues Abenteuer?»

Asher und Kian tauschten einen Blick.
In ihren Augen spiegelte sich das gleiche Feuer, die gleiche Entschlossenheit
wie in jener Nacht im Aurora Tower.

«Zusammen?», fragte Asher.

Kian griff nach seiner Hand, drückte sie
fest.

«Zusammen.»

Die Sonne versank im Meer, der
Himmel ein Feuerwerk aus Gold und
Rot.

Ein perfektes Ende.
Und ein perfekter Anfang.

Jay und Zain
Herz in der Schusslinie

Eine folgenreiche Nacht

Der Bass der Musik vibrierte durch Zains Körper, während er routiniert Eiswürfel in den Cocktailshaker gleiten ließ. Ein schneller Blick auf die Uhr über der Bar – kurz nach elf. Der Laden war gut gefüllt für einen Freitagabend, die Luft schwer vom Geruch nach Alkohol und verschiedenen Parfüms.

«Einen Caipi und zwei Gin Tonic», rief Sara vom anderen Ende der Bar herüber. Ihre kurzen blauen Haare leuchteten im gedämpften Licht. Zain nickte ihr zu und begann, die Getränke vorzubereiten.

Seine Bewegungen waren präzise, fast schon automatisch nach drei Jahren hinter dieser Bar. Das Phoenix war sein zweites Zuhause geworden, aber bald würde sich das ändern.

Der Gedanke an sein eigenes Restaurant ließ sein Herz schneller schlagen. Gestern hatte er endlich den Mietvertrag für den Laden in der Bergmannstraße unterschrieben. Die alte Pizzeria würde in vier Monaten seinen Traum beherbergen – vorausgesetzt, er bekam die Finanzierung auf die Reihe. Morgen würde er die letzten Unterlagen für die Bank fertigstellen.

«Hey Süßer, noch nen Kurzen!» Die raue Stimme riss ihn aus seinen Gedanken. Der bullige Typ am Ende der Bar hob sein leeres Glas. Zain kannte den Typen nicht, aber er hatte ihn schon den ganzen Abend im Auge behalten. Zu laut, zu aufdringlich, zu betrunken.

«Tut mir leid, ich glaube, Sie hatten genug für heute.» Zain hielt seine Stimme ruhig und professionell, während er die Gin Tonics fertigstellte.

«Ach komm schon, nur noch einen!» Der Mann lehnte sich über die Bar, sein Atem nach Whiskey stinkend. «Du

kannst doch nem Gast nicht das
Trinken verweigern.»

«Kann ich, muss ich sogar.» Zain schob
die fertigen Drinks zu Sara hinüber und
wandte sich dann wieder dem Mann
zu. «Ich rufe Ihnen gerne ein Taxi.»
Der Gast knurrte etwas
Unverständliches und ließ sich zurück
auf seinen Barhocker fallen. Zain
entspannte sich ein wenig, behielt ihn
aber im Blick. Solche Situationen
konnten schnell eskalieren, das hatte er
in den letzten Jahren oft genug erlebt.

«Schöne Location hier», sagte plötzlich
eine neue Stimme. Zain drehte sich um
und sein Blick traf stahlblaue Augen.
Der Mann, der da an seiner Bar saß,
war neu hier, das hätte er sich gemerkt.
Militärisch kurze blonde Haare,
kantiges Gesicht, breite Schultern unter
einem schlichten schwarzen T-Shirt. Er
strahlte eine ruhige Autorität aus, die
Zain sofort faszinierte.

«Danke», erwiderte er und musste sich

zwingen, nicht zu lange zu starren.

«Was darf's denn sein?»

Bevor der Fremde antworten konnte, krachte ein Glas zu Boden. Der betrunkene Gast von eben war aufgesprungen, sein Barhocker lag umgekippt hinter ihm.

«Du kleine Schwuchtel verweigerst mir also das Trinken?», brüllte er durch den Raum.

Die Musik schien plötzlich leiser, alle Gespräche verstummten. Zain spürte, wie sich sein Magen zusammenzog. Das würde keine gute Nacht werden.

Jay hatte eigentlich nur einen ruhigen Drink gewollt, einen Moment der Normalität nach zwei Wochen intensivem Training. Seine Muskeln schmerzten noch vom heutigen Nahkampftraining, und sein Kopf war voll mit Einsatzplänen und Taktiken. Als er das Phoenix entdeckt hatte, schien es genau richtig – keine überfüllte Touristenkneipe, keine angesagte Szene-Location.

Einfach eine gut geführte Bar mit gedämpftem Licht und einer Atmosphäre, die Anonymität versprach.

Doch kaum hatte er den attraktiven Barkeeper mit den dunklen Locken und den bernsteinfarbenen Augen entdeckt, war es mit der Ruhe vorbei. Etwas an der Art, wie sich der Mann hinter der Bar bewegte, zog seinen Blick magisch an. Präzise, kontrolliert und trotzdem mit einer natürlichen Eleganz.

Und jetzt stand dieser Idiot da und brüllte homophobe Beleidigungen durch den Raum.

Jay beobachtete, wie sich die Muskeln im Nacken des Barkeepers anspannten. Trotzdem blieb dessen Stimme ruhig: «Ich denke, Sie sollten jetzt gehen.»

«Ach ja?» Der Betrunkene taumelte zwei Schritte auf die Bar zu. «Und wer will mich dazu zwingen? Du und deine kleine Tussi mit den blauen Haaren?»

Besagte ‚Tussi' griff bereits nach ihrem
Handy, vermutlich um die Polizei zu
rufen.

Der Barkeeper schüttelte kaum
merklich den Kopf. Er wollte die
Situation offenbar selbst entschärfen.
«Niemand muss hier irgendjemanden
zwingen», sagte er in einem Ton, als
würde er mit einem störrischen Kind
reden. «Sie gehen jetzt einfach nach
Hause, schlafen ihren Rausch aus, und
morgen ist die Sache vergessen.»

«Vergessen?» Der Mann lachte bellend.
«Ich vergesse nicht, wenn mir so einer
wie du auf der Nase rumtanzt!»

Jay bemerkte die subtile Veränderung
in der Körperhaltung des Betrunkenen
eine Sekunde, bevor es passierte. Jahre
des Kampftrainings hatten ihn gelehrt,
die Anzeichen zu lesen.

Der Mann holte aus, seine Hand zur
Faust geballt.

Ohne nachzudenken, glitt Jay von
seinem Barhocker. Seine Hand schloss

sich um das Handgelenk des Angreifers, noch bevor dessen Faust ihr Ziel erreichen konnte. Mit einer fließenden Bewegung drehte er den Arm des Mannes auf dessen Rücken, gerade fest genug, um ihm zu zeigen, dass Widerstand zwecklos war.

«Der Mann hat gesagt, Sie sollen gehen», sagte Jay leise, aber mit einer Autorität in der Stimme, die keinen Widerspruch duldete. «Ich schlage vor, Sie hören auf ihn.»

Der Betrunkene versuchte, sich loszureißen, aber Jays Griff war wie Stahl. Nach einem kurzen Moment des Kampfes erschlaffte er.

«Schon gut, schon gut», murmelte er. «Ich geh ja schon.»

Jay ließ ihn los und der Mann stolperte Richtung Ausgang, nicht ohne noch einen hasserfüllten Blick zurückzuwerfen.

Ein paar Gäste klatschten verhalten, dann ging der normale Barbetrieb wieder weiter.

«Danke», sagte der Barkeeper und sah Jay direkt an. «Das hätte böse enden können.»

«Keine Ursache.» Jay kehrte zu seinem Platz zurück. «Ich bin Jay.»

«Zain.» Ein kleines Lächeln umspielte Zains Mundwinkel. «Was darf's denn nun sein? Geht aufs Haus.»

«Whiskey, pur.» Jay hielt dem intensiven Blick stand. «Aber ich bestehe darauf, zu zahlen. Immerhin bist du hier der Geschädigte, nicht ich.»

Zain zuckte mit den Schultern, aber sein Lächeln wurde breiter.

«Wie wäre es mit einem Kompromiss? Der erste Drink geht aufs Haus, den zweiten darfst du bezahlen.»

«Deal», sagte Jay und spürte, wie sich die Anspannung der letzten Minuten langsam löste.

Der Vorfall hatte ihn mehr aufgewühlt, als er zugeben wollte – nicht wegen der potentiellen Gefahr, damit konnte er umgehen. Aber die Beleidigungen des Betrunkenen hatten einen Nerv getroffen. Sie erinnerten ihn daran, warum er in seiner Einheit schwieg, warum er sein Privatleben strikt von seinem Beruf trennte.

Zain stellte ein Glas vor ihm ab, bernsteinfarben wie seine Augen. Ihre Finger berührten sich kurz bei der Übergabe. Eine kleine, unschuldige Berührung, die trotzdem einen elektrischen Schauer durch Jays Körper jagte.

«Auf einen ruhigeren Rest des Abends», sagte Zain und hob kurz seine Wasserflasche zum Toast.

Jay nippte an seinem Whiskey und hoffte, dass der Abend alles andere als ruhig werden würde.

Die Bar leerte sich langsam. Sara hatte sich vor einer halben Stunde verabschiedet, nachdem Zain darauf bestanden hatte, dass er die letzte Stunde auch alleine schaffte.

Jetzt war es kurz vor zwei, nur noch eine Handvoll Gäste saß verstreut an den Tischen.

Und Jay.

Er war geblieben, hatte seinen zweiten Whiskey so langsam getrunken, als wollte er jeden Tropfen auskosten. Während des Bedienens der letzten Gäste waren sie ins Gespräch gekommen. Zain hatte von seinen Restaurantplänen erzählt, von seiner Vision einer modernen persischen Küche mit deutscher Note.

«Meine Mutter würde sich im Grab umdrehen, wenn sie wüsste, dass ich ihre Rezepte verfeinere», sagte Zain und lehnte sich an die Bar.

Die letzte Gruppe Gäste hatte gerade bezahlt.

«Aber manchmal muss man Traditionen ein bisschen aufbrechen, um sie am Leben zu erhalten.»

«Klingt, als hättest du dir das gut überlegt.»

Jay drehte sein leeres Glas zwischen den Fingern. Seine Hände waren schwielig, vermutlich vom Training. Zain konnte seinen Blick kaum von ihnen lösen.

«Seit Jahren träume ich davon. Die Bar… » Er machte eine umfassende Geste. «Das Phoenix ist toll, Sara mehr eine Freundin als meine Chefin. Aber ich wollte immer mehr.»

«Warum ausgerechnet Berlin?»

«Weil die Stadt so ist wie ich – ein bisschen von allem, nirgendwo ganz zu Hause und trotzdem genau da, wo sie sein soll.» Zain lachte. «Sorry, das klang weniger kitschig in meinem Kopf.»

«Nein, ich verstehe das.» Jay sah sich in der nun leeren Bar um. «Manchmal braucht man einen Ort, der einen einfach man selbst sein lässt.»

Da war etwas in seiner Stimme, eine unterschwellige Sehnsucht, die Zain nur zu gut kannte. Er hatte sie oft genug in seiner eigenen Stimme gehört.

«Und du?», fragte er vorsichtig. «Was verschlägt einen… » Er stockte, unsicher wie er fortfahren sollte.

«Einen Soldaten?», half Jay aus. «KSK, um genau zu sein. Aber das behältst du für dich, okay?»

Zain pfiff leise durch die Zähne. Kommando Spezialkräfte. Das erklärte einiges – die Bewegungen vorhin, die natürliche Autorität, die kontrollierte Kraft.

«Keine Sorge, ich bin gut im Geheimnisse bewahren.» Er griff nach Jays Glas. «Noch einen?»

Jay zögerte. «Eigentlich sollte ich… »

«Du solltest», unterbrach Zain ihn sanft, «mir erlauben, dir noch einen einzuschenken. Immerhin hast du mir heute den Abend gerettet.»

Ihre Blicke trafen sich über die Bar hinweg. Die Musik war leiser geworden, nur noch ein sanfter Beat im Hintergrund. Durch die großen Fenster drangen die Geräusche des nächtlichen

Berlins, ein Gewirr aus Straßenlärm und Gesprächen vereinzelter Passanten.

«Einen noch», sagte Jay schließlich. «Aber dann muss ich wirklich los. Morgen früh geht's zurück zur Basis.»

Zain nickte und griff nach der Flasche mit dem guten Whiskey, den er normaler weise nicht ausschenkte.

Seine Finger zitterten leicht, als er eingoss.

Die Luft zwischen ihnen schien zu knistern.

«Wie lange bleibst du in Berlin?», fragte er, während er das Glas hinüber schob.

«Nur heute Nacht.» Jay nahm einen Schluck. Seine Augenbrauen hoben sich anerkennend ob des besseren Whiskeys. «War eigentlich nur für das Training hier. Morgen früh geht der Zug.»

«Schade.»

Das Wort war Zain herausgerutscht, bevor er es zurückhalten konnte.

Jay stellte sein Glas ab. Seine Hand

blieb auf dem Tresen liegen, nur Zentimeter von Zains Hand entfernt.

«Ja», sagte er leise. «Ist wirklich schade.»

Die Spannung zwischen ihnen war jetzt fast greifbar. Zain spürte, wie sich sein Herzschlag beschleunigte. Er müsste nur seine Hand ein kleines Stück bewegen…

Das Klirren von Glas ließ sie beide zusammenzucken. Der letzte verbliebene Gast hatte sein Bier umgeworfen.

«Ich kümmere mich drum», sagte Zain schnell und trat einen Schritt zurück. Die intensive Atmosphäre des Moments zerbrach wie eine Seifenblase.

Als er mit Lappen und Kehrblech zurückkam, hatte Jay sein Glas geleert. Seine Miene war wieder distanziert, professionell. Der kurze Einblick in den Mann hinter der Fassade war verschwunden.

«Ich sollte gehen», sagte er und zog

seine Jacke an. «Danke für die Drinks.»
«Gern geschehen.» Zain versuchte,
seine Enttäuschung zu verbergen. «Pass
auf dich auf.»
Jay nickte nur und wandte sich zum
Gehen. An der Tür hielt er kurz inne,
drehte sich aber nicht um. Dann war er
verschwunden, verschluckt von der
Berliner Nacht.
Zain starrte noch lange auf die Stelle,
wo er gestanden hatte. Der Abdruck
von Jays Glas auf dem Tresen war der
einzige Beweis, dass dieser Abend
keine Einbildung gewesen war.

Jay stand vor seinem Hotelzimmer und starrte auf die Zimmernummer, als könnte sie ihm Antworten auf die Fragen geben, die in seinem Kopf kreisten.

231.

Drei simple Ziffern, die ihm seltsam verschwommen erschienen. Vielleicht hätte er den letzten Whiskey doch nicht trinken sollen. Oder vielleicht hätte er noch einen trinken sollen, noch eine Stunde bleiben sollen, noch…

Er schüttelte den Kopf und schloss die Tür auf. Das Zimmer war kühl und unpersönlich, wie Hotelzimmer es immer waren. Seine Sporttasche lag noch genauso auf dem Bett, wie er sie heute Nachmittag hingeworfen hatte. In vier Stunden würde schon sein Wecker klingeln.

Mit mechanischen Bewegungen ging er ins Bad, putzte sich die Zähne, wusch sich das Gesicht. Im Spiegel sah er müde aus, die Augen leicht gerötet.

Das intensive Training der letzten Wochen hatte Spuren hinterlassen. Oder waren es die Ereignisse des Abends, die ihm anzusehen waren? Zain.

Allein der Gedanke an den Barkeeper ließ seinen Puls schneller werden. Diese bernsteinfarbenen Augen, die Art wie sich seine Locken im Nacken kräuselten, sein Lächeln… Jay stöhnte und ließ sich aufs Bett fallen.

«Reiß dich zusammen, Jespersen», murmelte er in die Dunkelheit.

Er konnte sich keine Ablenkung leisten, nicht jetzt, wo die wichtigsten Übungen des Jahres anstanden. Seine Einheit zählte auf ihn, und er hatte sich geschworen, nie zuzulassen, dass sein Privatleben seinen Dienst beeinflusste.

Sein Handy vibrierte. Eine Nachricht von seinem Teamführer:

«Zugverbindung für morgen bestätigt. 0830 Berlin Hbf.»

Die Realität seiner Welt holte ihn

wieder ein. In der Basis gab es keine Bars mit gedämpftem Licht, keine geheimnisvollen Barkeeper mit Träumen von eigenen Restaurants, keine elektrisierenden Momente über teurem Whiskey.

Und doch… Als er die Augen schloss, sah er Zain vor sich, wie er sich über die Bar lehnte, wie sich ihre Hände fast berührten.

Was wäre passiert, wenn dieser letzte Gast sein Bier nicht umgeworfen hätte? Wenn er den Mut gehabt hätte, seine Nummer zu hinterlassen?

Aber nein – es war besser so. Sauberer. Eine Nacht, eine Fast-Begegnung, eine Geschichte, die er in einer seiner schwächeren Stunden vielleicht seinem Tagebuch anvertrauen würde.

Mehr nicht.

Das Surren einer Straßenbahn drang durch das gekippte Fenster. Berlin lebte auch um diese Uhrzeit weiter, unbeeindruckt von den kleinen

Dramen, die sich in ihren Straßen
abspielten.

Irgendwo da draußen schloss Zain
vermutlich gerade seine Bar ab, machte
sich auf den Weg nach Hause. Vielleicht
dachte er auch an diesen Abend, an den
Soldaten, der aus dem Nichts
aufgetaucht und genauso schnell
wieder verschwunden war.

Jay griff nach seinem Handy, öffnete
Google. Seine Finger schwebten über
der Tastatur. «Phoenix Bar Berlin» – so
einfach wäre es. Ein paar Klicks, und er
hätte zumindest die Adresse, könnte
vielleicht die Telefonnummer
raussuchen…

«Nein.» Er schaltete das Handy aus
und legte es weg.

Morgen würde er wieder Kjell
Jespersen sein, KSK-Soldat, zuverlässig,
fokussiert, ohne Ablenkungen. Diese
eine Nacht, diese paar Stunden als ‚Jay‘
– sie mussten reichen.

Er zog die Bettdecke über sich, aber der

Geruch der Bar – eine Mischung aus Whiskey, Musik und unausgesprochenen Möglichkeiten – schien an ihm zu haften.

Während er in einen unruhigen Schlaf glitt, fragte er sich, ob es Zain ähnlich ging. Ob auch er heute Nacht von dem träumen würde, was hätte sein können.

Der Wecker würde in wenigen Stunden klingeln, und dann würde Berlin nur noch eine weitere Stadt auf der Landkarte sein.

Aber für den Moment, in der Stille dieses anonymen Hotelzimmers, erlaubte sich Jay, den Abend noch einmal zu durchleben. Jeden Blick, jedes Lächeln, jedes unausgesprochene Wort.

Morgen würde er es vergessen müssen. Aber diese Nacht gehörte noch ihm.

Wiedersehen

Staub wirbelte auf, als Zain durch die ehemalige Pizzeria ging. Sonnenlicht fiel durch die großen Fenster und malte helle Rechtecke auf den nackten Betonboden. Wo einst Tische und Stühle gestanden hatten, markierten jetzt orangefarbene Markierungen die Umrisse seiner Zukunft.

«Hier kommt die offene Küche hin», erklärte der Architekt, ein junger Mann namens Felix mit einer zu großen Hornbrille. Er deutete auf einen Bereich nahe der Fensterfront. «Die Gäste können den Köchen beim Arbeiten zusehen. Das ist genau der moderne Touch, von dem Sie gesprochen haben.»

Zain nickte abwesend. Sein Blick wanderte zu der massiven Theke, die als einziges Möbelstück geblieben war. Dunkles Holz, leicht abgenutzt, aber mit Charakter.

Sie erinnerte ihn an die Bar, an den Abend vor zwei Wochen, an…

«Herr Malik? Haben Sie mir zugehört?»

«Was? Oh, Entschuldigung.» Zain rieb sich über die Augen. «Sie sagten etwas über die Küche?»

Felix seufzte.

«Die Entlüftungsanlage. Wir müssen sie komplett erneuern, wenn Sie hier persische Gerichte zubereiten wollen. Die alte italienische Anlage reicht dafür nicht aus.»

Natürlich. Noch mehr Kosten.

Zain spürte, wie sich sein Magen zusammenzog. Die Bank hatte zwar den Kredit bewilligt, aber jede zusätzliche Ausgabe brachte ihn näher an seine finanzielle Schmerzgrenze.

Sein Handy vibrierte. Sara.

«Erinnere mich nochmal», schrieb sie, «warum ich heute Abend die Bar alleine schmeißen muss?»

Er musste lächeln.

«Weil du die beste Chefin der Welt bist?»

«Falsch. Weil du seit zwei Wochen mit dem Kopf in den Wolken schwebst und ich Mitleid mit dir habe. Übrigens, er war nicht wieder da.»

Zain starrte auf die Nachricht. Sie brauchte nicht zu präzisieren, wer ‚er‘ war.

«Ich weiß nicht, wovon du redest», tippte er zurück.

«Natürlich nicht. Deswegen starrst du auch jeden Mann in schwarzem T-Shirt an, der die Bar betritt.»

«Das ist nicht… » Er brach ab.

Was sollte er auch sagen? Dass er einen völlig Fremden nicht vergessen konnte? Dass er sich wie ein verliebter Teenager fühlte, nur weil ein gutaussehender Soldat ihm einmal aus der Patsche geholfen hatte?

«Herr Malik?» Felix wedelte mit seinen Bauplänen. «Wir müssen noch die Sanitäranlagen besprechen.»

Bevor Zain antworten konnte, klingelte sein Handy. Eine unbekannte Nummer.

«Spreche ich mit Zain Malik?» Die Stimme am anderen Ende klang geschäftsmäßig. «Hier ist das Bauamt Friedrichshain-Kreuzberg. Wir müssen über Ihre Genehmigung sprechen. Es sind… Unstimmigkeiten aufgetaucht.» Die Worte trafen ihn wie ein Schlag in die Magengrube.

«Was für Unstimmigkeiten?»

«Das möchten wir gerne persönlich mit Ihnen besprechen. Hätten Sie morgen Zeit für einen Termin?»

Zain schloss die Augen. Das durfte nicht wahr sein. Er hatte alle Unterlagen dreifach geprüft, hatte jeden Schritt mit seinem Anwalt abgesprochen.

«Natürlich», hörte er sich selbst sagen. «Wann?»

Als er auflegte, bemerkte er Felix' besorgten Blick.

«Probleme?»

«Nichts, was sich nicht lösen lässt.»
Zain straffte die Schultern. Er hatte
nicht jahrelang für diesen Traum
gearbeitet, um sich jetzt von
bürokratischen Hürden aufhalten zu
lassen.
«Zeigen Sie mir die Pläne für die
Sanitäranlagen.»
Sein Handy vibrierte ein letztes Mal.
Sara wieder.
«Übrigens, da war heute Morgen ein
Typ, der sich nach dir erkundigt hat.
Groß, teurer Anzug, Ende vierzig
vielleicht. Wollte wissen, wo du bist.»
Zain runzelte die Stirn, während er die
Antwort tippte.
«Hat er einen Namen hinterlassen?»
«Nein. Aber er hatte so was…
Einschüchterndes an sich. Sei
vorsichtig, okay?»
«Bin ich immer», schrieb er zurück,
aber ein ungutes Gefühl beschlich ihn.
Erst die Probleme mit der
Baugenehmigung, jetzt dieser

mysteriöse Besucher…

Er schüttelte den Kopf und wandte sich wieder Felix zu. Keine Zeit für Paranoia. Und keine Zeit, an gutaussehende Soldaten zu denken, die längst wieder verschwunden waren.

Der Schlamm spritzte hoch, als Jay die letzte Runde auf dem Hindernisparcours absolvierte. Seine Lunge brannte, aber er zwang sich, weiterzulaufen. Nur noch hundert Meter. Fünfzig. Zwanzig.

«Zeit!» Der Ausbilder drückte auf seine Stoppuhr. «Jespersen, 2:14. Nicht schlecht.»

Jay nickte nur und ging ein paar Schritte, um seinen Atem zu beruhigen. Die anderen aus seinem Team klatschten anerkennend. Er hatte seine persönliche Bestzeit um fast zehn Sekunden verbessert.

«Mann, du bist ja richtig motiviert in letzter Zeit», keuchte Chris, sein Teamkamerad, der kurz nach ihm ins

Ziel kam. «Was ist los? Willst du uns alle beschämen?»

«Trainiere halt gerne.»

Jay zuckte mit den Schultern und griff nach seiner Wasserflasche.

«Ja, aber in den letzten zwei Wochen bist du ja geradezu besessen.» Chris grinste. «Als müsstest du irgendwas kompensieren.»

Wenn der andere Mann wüsste, wie nah er der Wahrheit kam.

Jay hatte in den vergangenen zwei Wochen jede freie Minute trainiert, hatte sich in die Arbeit gestürzt, als könnte er damit die Erinnerung an einen gewissen Barkeeper aus seinem Kopf vertreiben.

«Hey, Jungs!» Marco, ihr Scharfschütze, kam auf sie zugelaufen. «Plant ihr schon was fürs Wochenende? Ein paar von uns wollen nach Dresden, da hat so'n neuer Club aufgemacht.»

«Klingt gut», sagte Chris. «Jay?»

«Muss mal sehen.» Jay wischte sich den

Schweiß von der Stirn. «Hab noch Papierkram zu erledigen.»

«Papierkram?» Marco verdrehte die Augen. «Mann, du brauchst dringend mal wieder Action. Seit Berlin bist du total… »

«Antreten!»

Der Ruf ihres Teamführers unterbrach das Gespräch. Die Männer stellten sich in Formation auf.

Hauptmann Weber ließ seinen Blick über die Gruppe schweifen.

«Änderung im Dienstplan. Wir haben einen Sondereinsatz.» Er machte eine Pause. «In Berlin.»

Jays Herz setzte einen Schlag aus.

«Ein Zeuge muss zu einer wichtigen Aussage gebracht werden. Höchste Sicherheitsstufe. Wir übernehmen den Transport und die Bewachung. Abfahrt morgen früh 0600.»

Die anderen tuschelten aufgeregt. Ein Sondereinsatz war immer willkommen, bedeutete er doch Abwechslung vom

Trainingsalltag.

«Wie lange?», fragte Chris.

«Mindestens drei Tage. Packt entsprechend.» Weber nickte der Gruppe zu. «Wegtreten.»

Während sie zu den Unterkünften gingen, klopfte Marco Jay auf die Schulter.

«Na also, jetzt kommst du doch noch nach Berlin. Vielleicht findest du ja endlich diese Bar wieder, von der du neulich im Schlaf geredet hast.»

Jay erstarrte.

«Was?»

«Mann, du redest im Schlaf. Letzte Woche, nach dem Nachttraining. Irgendwas von einer Bar und… »

Marco grinste. «Wie hieß sie noch? Saina? Salina? Sara?»

«Keine Ahnung, wovon du redest.» Jays Stimme war schärfer als beabsichtigt.

Marco hob abwehrend die Hände.

«Schon gut, war ja nur Spaß.»

Jay beschleunigte seine Schritte. In seinem Kopf überschlugen sich die Gedanken.

Berlin.

Drei Tage.

Das Phoenix war keine fünf Kilometer vom Regierungsviertel entfernt, wo sie vermutlich stationiert sein würden.

Zum ersten Mal seit zwei Wochen erlaubte er sich, an jenen Abend zu denken. An Zains Lächeln, an die Art, wie sich ihre Hände fast berührt hatten, an die unausgesprochenen Worte zwischen ihnen.

«Reiß dich zusammen», murmelte er, während er seine Ausrüstung zusammenpackte. «Das ist ein Einsatz, kein verdammter Urlaubstrip.»

Aber das Kribbeln in seinem Magen, die plötzliche Energie in seinen Gliedern – sie erzählten eine andere Geschichte.

Der Regen prasselte gegen die Fensterscheiben des Phoenix. Zain wischte zum dritten Mal die Wasserspuren von der Theke, die tropfnasse Gäste hinterlassen hatten. Das Wetter hatte den üblichen Donnerstagabend-Ansturm deutlich gedämpft.

«Du glaubst nicht, was ich heute gehört habe.» Sara lehnte sich über die Bar, ihre blauen Haare heute mit silbernen Strähnen durchzogen. «Weißt du, warum Tarek seinen Barbershop so schnell verkauft hat?»

Zain schüttelte den Kopf. Er hatte sich ehrlich gesagt keine Gedanken darüber gemacht, warum der Barbershop aus der Straße geschlossen hatte.

«Angeblich hat ihn jemand unter Druck gesetzt. Ein ‚Geschäftsmann‘», sie machte Anführungszeichen in der Luft, «der mehrere Läden in der Gegend aufkauft. Und rate mal? Der Typ passt genau auf die Beschreibung von Mr.

Merkwürdig von neulich.»

«Das beweist gar nichts», sagte Zain, aber sein Magen verkrampfte sich. Erst die Probleme mit der Baugenehmigung, dann die seltsamen Anrufe von der Bank wegen «Unstimmigkeiten» in seinen Unterlagen…

«Sei nicht naiv.» Sara senkte ihre Stimme. «Ich hab mit Mira von der Weinhandlung gesprochen. Die haben ähnliche Probleme. Erst taucht dieser Typ auf, dann gibt's plötzlich Ärger mit Behörden, Lieferanten, allem Möglichen.»

Bevor Zain antworten konnte, schwang die Tür auf. Sein Herz setzte einen Schlag aus.

Jay.

Er war nicht allein. Zwei andere Männer begleiteten ihn, alle in zivil, aber mit der unverkennbaren Haltung von Soldaten. Sie schüttelten den Regen von ihren Jacken und sahen sich um.

«Oh», machte Sara leise.

Zain ignorierte sie und zwang sich zur Ruhe. «Was darf's sein?»

Der größere von Jays Begleitern trat vor. «Drei Bier.» Er musterte die Bar. «Jay meinte, hier gäb's das beste Guinness in Berlin.»

«Hat er das?» Zain wagte einen Blick zu Jay, der stoisch geradeaus starrte.

«Dann sollten wir ihn nicht enttäuschen.»

Während er die Gläser füllte, spürte er Jays Blick auf sich. Zwei Wochen. Es fühlte sich an wie gestern und wie eine Ewigkeit zugleich.

«Also», der zweite Begleiter lehnte sich an die Bar und schaute zu Sara, «woher kennt ihr euch?»

«Marco», warnte Jay leise.

«Was denn? Du hast uns hierher geschleppt, durch halb Berlin im Regen. Da wird man ja wohl fragen dürfen.»

Zain stellte die Gläser ab.

«Jay hat mir mal mit einem schwierigen Gast geholfen. Nichts Besonderes.»

Sie drehten sich wieder zu ihm.

«Ach ja?» Marco grinste.

«Wir sollten gehen», sagte Jay schließlich nach einer Weile. Seine Stimme klang rau. «Früher Einsatz morgen.»

«Was? Wir sind doch gerade erst… » Der große Mann – Chris, wenn Zain deren Gespräch richtig verfolgt hatte – verstummte, als er Jays Gesichtsausdruck sah.

«Okay, okay. Gehen wir.»

Sie tranken ihre Biere aus. Beim Aufbruch wagte Zain einen letzten Blick zu Jay. Ihre Augen trafen sich, nur für einen Moment, aber es reichte, um Zains Puls rasen zu lassen.

Dann waren sie weg, ließen nur drei leere Gläser und den Geruch von Regen zurück.

«Oh. Mein. Gott.» Sara war wieder an seiner Seite. «Du hast die ganze Zeit sein Bier eingegossen. Das war Pils.»

Zain erstarrte.

Sie hatte Recht. In drei Jahren hatte er nicht einmal das falsche Bier gezapft.

«Bitte schließ du heute ab», sagte er plötzlich. «Ich muss… ich brauch frische Luft.»

Sara griff nach seinem Arm.

«Was ist mit dem mysteriösen Typen? Den Problemen? Zain, das ist wichtig!»

«Morgen», sagte er und schnappte sich seine Jacke. «Wir reden morgen darüber.»

Er musste Jay finden.

Jetzt.

Bevor er wieder verschwand, bevor zwei weitere Wochen vergingen, bevor…

Der Regen hatte nachgelassen, als er auf die Straße trat. Links oder rechts? Zum Alexanderplatz oder Richtung Kreuzberg?

«Ich dachte schon, du kommst nicht.»

Zain wirbelte herum. Jay stand im Schatten des Hauseingangs, allein.

«Deine Freunde?»

«Glauben, ich hole noch Zigaretten.»

Jay trat einen Schritt näher. «Wir haben ungefähr zehn Minuten.»

Zains Herz hämmerte gegen seine Rippen.

«Zehn Minuten für was?»

Die Straßenlaterne spiegelte sich in Jays Augen, als er noch einen Schritt näher kam.

«Um herauszufinden, ob das hier... »

Er deutete zwischen ihnen hin und her, «...real ist.»

Zehn Minuten.

Sechshundert Sekunden, die sich wie eine Ewigkeit und wie ein Augenzwinkern zugleich anfühlten.

Der Regen rann an ihnen herab, aber keiner von beiden schien es zu bemerken.

«Real?», wiederholte Zain leise. «Zwei Wochen lang dachte ich, ich hätte mir das alles eingebildet.»

«Ich auch.»

Jay fuhr sich mit einer Hand durchs

nasse Haar.

«Ich hätte nicht wiederkommen sollen. Das hier… das ist keine gute Idee.» Aber er machte keine Anstalten zu gehen. Im diffusen Licht der Straßenlaterne konnte Zain die Anspannung in seinem Kiefer sehen, die Art, wie seine Finger sich unbewusst zu Fäusten ballten und wieder lösten.

«Warum bist du dann hier?»

«Weil… » Jay holte tief Luft. «Weil ich seit zwei Wochen an nichts anderes denken kann. An niemand anderen.» Die Worte hingen zwischen ihnen in der feuchten Nachtluft. Ein Taxi fuhr vorbei, seine Scheinwerfer warfen für einen Moment bizarre Schatten an die Hauswand.

«Wie lange bist du diesmal in Berlin?», fragte Zain.

Er musste seine Stimme unter Kontrolle halten, durfte nicht zeigen, wie sehr diese Worte ihn trafen.

«Drei Tage. Vielleicht vier.» Jay trat
einen Schritt näher, bis sie sich fast
berührten. «Es ist ein Einsatz, kein...
ich kann nicht... »

«Ich weiß.» Zain spürte die Wärme, die
von Jay ausging, trotz der kühlen
Nachtluft. «Ich verlange nichts.»

«Lügner.» Ein schwaches Lächeln
huschte über Jays Gesicht. «Du
verlangst alles, einfach nur indem du
hier stehst.»

Vielleicht war es der Regen, der ihre
Hemmungen wegwusch. Vielleicht war
es die Dunkelheit, die ihnen einen
Moment der Ehrlichkeit erlaubte. Zains
Hand fand Jays Wange, raue
Bartstoppeln unter seinen Fingern.

«Drei Tage», sagte er leise. «Lass uns
herausfinden, was das hier ist.
Danach... danach sehen wir weiter.»

Jay schloss für einen Moment die
Augen, lehnte sich fast unmerklich in
die Berührung.

«Das wird wehtun.»

«Wahrscheinlich.»

«Meine Einheit darf nichts erfahren.»

«Ich weiß.»

«Ich kann dir nichts versprechen.»

«Ich verlange keine Versprechen.»

Jay öffnete die Augen wieder. In der Ferne war Gelächter zu hören, vermutlich seine Kameraden, die zurückkamen. Die zehn Minuten waren fast um.

«Morgen», sagte Jay plötzlich. «Ich… wir haben abends frei. Nach zwanzig Uhr.»

Zain ließ seine Hand sinken.

«Die Bar ist voll um die Zeit.»

«Nicht die Bar.»

Jay zog einen Stift aus seiner Jackentasche, griff nach Zains Hand. Die Zahlen, die er auf Zains Handfläche schrieb, brannten sich ein wie ein Versprechen.

«Das ist meine Nummer. Schreib mir, wo ich dich treffen soll.»

Schritte näherten sich. Jay trat einen

Schritt zurück, verwandelte sich vor
Zains Augen wieder in den
distanzierten Soldaten.

«Jay!», rief Marco von der Straßenecke.
«Wo bleibst du denn?»

«Komme!», rief Jay zurück. Zu Zain
gewandt fügte er leise hinzu:
«Morgen?»

Zain nickte nur.

Die Zahlen auf seiner Handfläche
verschwammen im Regen, aber er hatte
sie bereits auswendig gelernt.

Jay drehte sich um und ging zu seinen
Kameraden. Zain sah ihm nach, bis die
Dunkelheit ihn verschluckt hatte. Erst
dann gestattete er sich ein Lächeln.

Drei Tage.

Zweiundsiebzig Stunden.

Vielleicht würde es in Schmerz enden,
vielleicht in Reue. Aber in diesem
Moment, im sanften Berliner Regen, mit
dem Echo von Jays Berührung auf
seiner Haut, war das egal.

Morgen würden sie herausfinden, was

das hier war. Morgen würden sie dem namenlosen Ding zwischen ihnen eine Chance geben.

Morgen.

Zain drehte sich um und ging zurück in die Bar. Sara würde Fragen haben, und er hatte keine Antworten.

Aber zum ersten Mal seit zwei Wochen fühlte er sich wieder vollständig lebendig.

Die Zahlen auf seiner Hand waren sein Geheimnis, sein Versprechen, seine Hoffnung.

Der erste Abend

«Diese Unterlagen sind unvollständig.»
Die Sachbearbeiterin schob ihre Brille
zurecht und blätterte durch Zains
Anträge. Ihre roten Fingernägel
klackten auf dem Papier.
«Der Brandschutznachweis entspricht
nicht den aktuellen Vorschriften.»
Zain biss sich auf die Innenseite seiner
Wange.
«Das ist derselbe Nachweis, den Sie vor
drei Wochen als ausreichend
bezeichnet haben.»
«Die Vorschriften wurden angepasst.»
Sie zuckte mit den Schultern. «Sie
müssen einen neuen Gutachter
beauftragen. Außerdem fehlt die
erweiterte Lärmschutzprognose.»
«Eine Lärmschutzprognose? Für ein
Restaurant? An derselben Stelle, wo
vorher eine Pizzeria war?»
Die Frau – ihr Namensschild

bezeichnete sie als Frau Berger – sah
ihn über ihre Brillengläser hinweg an.

«Die Anforderungen für orientalische
Gastronomie sind andere als für
italienische.»

Zain atmete tief durch. ‚Orientalische
Gastronomie'. Als wäre sein geplantes
Fine-Dining-Restaurant vergleichbar
mit einem Döner-Imbiss.

«Wie lange wird die neue Prüfung
dauern?»

«Mindestens vier bis sechs Wochen.
Vorausgesetzt, alle Unterlagen sind
dann vollständig.»

Sechs Wochen.

Seine Kalkulation basierte darauf, dass
er in spätestens drei Monaten eröffnen
konnte. Jede Verzögerung kostete ihn
Geld, das er nicht hatte.

Auf dem Weg nach draußen vibrierte
sein Handy.

Die Nummer von gestern Abend.

Jay.

«Steht das Angebot für heute noch?»

Zains Herzschlag beschleunigte sich.
Er hatte die ganze Nacht wach gelegen,
die Zahlen auf seiner Hand anstarrend,
bis der Regen sie verwischt hatte. Dann
hatte er Jay eine kurze Nachricht
geschrieben, nur, damit dieser auch
seine Nummer hatte.
«Ja», tippte er zurück. «20:30? Ich kenne
da ein kleines Restaurant… »
Er steckte das Handy weg und trat aus
dem Amt auf die Straße. Die
Frühlingssonne wärmte sein Gesicht,
aber ein ungutes Gefühl beschlich ihn.
An der Bushaltestelle gegenüber stand
ein Mann im Anzug, der schnell
wegsah, als ihre Blicke sich trafen.
Sein Handy vibrierte erneut. Sara.
«Du musst sofort in die Bar kommen.
Mira ist hier. Es ist wichtig.»
Zain runzelte die Stirn. Was machte die
Besitzerin der Weinhandlung um diese
Zeit im Phoenix?
Die Bar war noch geschlossen, als er
ankam. Mira saß an der Theke, ihr

sonst so perfektes Make-up
verschmiert. Sara stellte gerade einen
Kaffee vor ihr ab.

«Sie haben meine Lieferanten
kontaktiert», sagte Mira ohne
Umschweife. «Alle meine
Hauptlieferanten haben plötzlich
‚Lieferengpässe'. Und gestern war das
Gesundheitsamt da. Angeblich gab es
eine anonyme Beschwerde.»

Zain setzte sich neben sie. «Wer sind
‚sie'?»

«Das weißt du genau.» Mira wischte
sich über die Augen. «Derselbe Typ, der
auch bei dir war. Viktor Reichert. Er
kauft die halbe Straße auf.»

Der Name löste ein Echo von
Unbehagen in Zain aus.

«Warum erzählst du mir das?»

«Weil du der Einzige bist, der sich noch
wehrt.» Sie griff nach seiner Hand. «Die
anderen haben alle aufgegeben. Aber
du… du baust sogar neu. Das werden
sie nicht zulassen.»

«Sie? Wer ist… »

Die Tür schwang auf. Der Mann von der Bushaltestelle stand im Eingang.

«Tut mir leid, wir haben noch geschlossen», sagte Sara scharf.

Der Mann lächelte dünn.

«Ich bin nicht wegen eines Drinks hier. Herr Malik?» Er zog eine Visitenkarte hervor. «Mein Arbeitgeber würde sich gerne mit Ihnen unterhalten. Über die Zukunft Ihres… Projekts. Den Verkauf Ihres Objekts.»

Zain nahm die Karte. ‚Viktor Reichert, Reichert Holdings‘.

«Ich bin beschäftigt, ein Verkauf interessiert mich nicht», sagte er kühl.

«Ich stehe kurz vor der Eröffnung.»

«Natürlich.» Der Mann nickte. «Aber Sie sollten sich die Zeit nehmen.»

Er ließ seinen Blick durch die Bar schweifen. «Wer weiß, was so passieren könnte, wenn man sich keine Zeit nimmt…»

Als er ging, zitterte Miras Hand so

stark, dass sie ihren Kaffee verschüttete.

Zains Handy vibrierte. Jay hatte auf seine Nachricht geantwortet.

«20:30 klingt perfekt. Schick mir die Adresse.»

Zain starrte auf die Nachricht, dann auf die Visitenkarte in seiner Hand. In weniger als zwölf Stunden würde er Jay wiedersehen. Aber plötzlich schien dieser Abend nicht mehr wie ein Versprechen, sondern wie ein zusätzliches Risiko.

Er durfte Jay nicht in diese Sache hineinziehen. Was auch immer ‚diese Sache' war.

«Zain?» Saras Stimme riss ihn aus seinen Gedanken. «Was machen wir jetzt?»

Er steckte sein Handy weg und richtete sich auf.

«Wir machen gar nichts. Ich kümmere mich darum.»

Aber als er die Angst in Miras Augen sah, fragte er sich, ob er nicht gerade

den größten Fehler seines Lebens
beging.

«Und Sie sind sicher, dass Sie heute
Abend aussagen wollen?» Jay stand mit
verschränkten Armen neben der Tür
des Hotelzimmers, während sein Team
den Zeugen befragte.

Der Mann auf dem Bett – mittelgroß,
Glatze, nervöse Hände – nickte.

«Je früher, desto besser. Die haben
überall ihre Leute.»

Chris warf Jay einen bedeutungsvollen
Blick zu. Sie beide wussten, dass der
Mann Recht hatte. Das Netzwerk, gegen
das er aussagen würde, hatte
Verbindungen bis in die höchsten
Kreise.

Jays Handy vibrierte in seiner Tasche.
Zum dritten Mal in der letzten Stunde
widerstand er dem Drang,
nachzusehen.

Er wusste auch so, dass es Zain war,
der die Details für heute Abend
schickte.

«Okay», sagte Weber und stand auf. «Transport zum Gericht um 19 Uhr. Danach bringen wir Sie an einen sicheren Ort.»

Der Zeuge lachte bitter.

«Gibt's sowas überhaupt noch? Einen sicheren Ort?»

Jay folgte seinen Kameraden aus dem Zimmer. Draußen verteilte Weber die Aufgaben für den Abend.

«Jespersen, du übernimmst die zweite Schicht. Ab 20 Uhr… »

«Sir», unterbrach Jay, sein Herz hämmerte. «Ich… ich habe heute Abend einen Kontakt in der Stadt. Könnte wichtig sein.»

Die Lüge schmeckte bitter auf seiner Zunge.

Weber runzelte die Stirn.

«Was für ein Kontakt?»

«Jemand aus der Gastro-Szene.» Jay hielt seinem Blick stand. «Könnte Informationen über Geldwäsche-Aktivitäten haben.»

Es war nicht mal ganz gelogen. Nach dem, was er gestern im Phoenix gehört hatte…

Weber seufzte.

«Gut. Marco übernimmt deine Schicht. Aber sei erreichbar.»

«Natürlich, Sir.»

Sobald er allein war, zog Jay sein Handy hervor. Drei Nachrichten von Zain:

«Restaurant heißt ‚Kleine Schwester‘, Kollwitzstraße.»

«Hab uns einen ruhigen Tisch reserviert.»

«Falls… falls du es dir anders überlegt hast, ist das auch okay.»

Die letzte Nachricht ließ sein Herz schwer werden. Er tippte schnell eine Antwort:

«Bin da. Freu mich.»

So einfach die Worte waren, sie fühlten sich wie ein Versprechen an.

Ein gefährliches Versprechen.

«Hey, Casanova!» Marcos Stimme ließ

ihn zusammenzucken. «Mit wem schreibst du dir denn da die Finger wund?»

Jay steckte das Handy weg.

«Kontakt für heute Abend.»

«Klar.» Marco grinste. «Hat dieser ‚Kontakt‘ zufällig was mit einer gewissen Bar zu tun? Einem Mädchen namens Sara vielleicht?»

«Lass es gut sein.»

«Mann, ich hab dich noch nie so… » Marco verstummte, als er Jays Gesichtsausdruck sah.

«Sorry. Ist nur… du bist anders seit Berlin. Seit dieser Bar.»

Jay drehte sich zu seinem Freund um. «Marco. Bitte.»

Etwas in seiner Stimme musste Marco erreicht haben, denn er hob die Hände. «Schon gut. Ich sag nichts mehr.» Er zwinkerte. «Sei vorsichtig, okay?»

«Bin ich immer.»

Aber als er später unter der Dusche stand, fragte er sich, ob das stimmte.

War es vorsichtig, sich mit Zain zu treffen?

War es vorsichtig, diesem Gefühl nachzugeben, das sein ganzes Training, seine ganze Disziplin in Frage stellte?

Er zog das schwarze Hemd an, das er extra gekauft hatte.

Keine Uniform, keine Tarnung heute.

Nur er selbst.

Der Gedanke war gleichermaßen befreiend und erschreckend.

Sein Handy vibrierte ein letztes Mal.

«Der Tisch ist unter ,Phoenix' reserviert.»

Jay lächelte.

Passend.

Wie der Vogel aus der Asche erhob sich etwas Neues aus den Trümmern seiner sorgfältig konstruierten Barrieren.

Natürlich war ihm klar, dass es nur der Name der Bar war, in der Zain arbeitete, aber dennoch passte es einfach.

Er checkte seine Waffe, rein aus

Gewohnheit. Berlin war nicht sicher, da
hatte der verängstigte Zeuge Recht
gehabt. Aber heute Abend würde er
nicht als Soldat unterwegs sein.

Heute Abend war er einfach nur Jay.

Das «Kleine Schwester» versteckte sich
in einem Hinterhof, ein schmales
Gebäude mit flackernden Laternen vor
der Tür.

Zain war zu früh, natürlich war er das.
Er hatte drei verschiedene Outfits
anprobiert, nur um am Ende bei seinem
üblichen schwarzen Rollkragenpullover
zu landen.

Gerade, als er sich hingesetzt hatte,
öffnete sich die Tür.

Jay stand im Eingang, das schwarze
Hemd betonte seine breiten Schultern.
Sein Blick fand Zain sofort, als hätte er
einen eigenen Kompass für ihn.

«Hi», sagte Jay leise, als er am Tisch
ankam.

«Hi», erwiderte Zain und versuchte,
sein wild klopfendes Herz zu

beruhigen.

Sie bestellten Wein, dann senkte sich eine seltsame Stille über den Tisch. Was sagte man zu jemandem, den man kaum kannte und trotzdem nicht vergessen konnte?

«Also… » begann Jay.

«Wie war… » setzte Zain gleichzeitig an.

Sie lachten beide, und die Spannung brach.

«Du zuerst», sagte Jay und lehnte sich zurück.

«Wie war dein Tag? Also… soweit du darüber reden darfst.»

«Anstrengend. Aber nicht wegen des Jobs.» Jay nahm einen Schluck Wein. «Ich musste die ganze Zeit an heute Abend denken.»

Die Ehrlichkeit in seiner Stimme traf Zain unvorbereitet.

«Ich auch», gab er zu.

«Das ist verrückt, oder?» Jay schüttelte den Kopf. «Wir kennen uns kaum.»

«Manchmal braucht es nicht viel.» Zain dachte an den Moment in der Bar, als ihre Hände sich fast berührt hatten. «Manchmal weiß man einfach… »

«Was?»

«Dass da etwas ist.»

Jay schwieg einen Moment.

«In meinem Job kann ich mir keine Unsicherheiten leisten.» Er sah Zain direkt an. «Aber bei dir… bei dir bin ich mir gleichzeitig absolut sicher und komplett verloren.»

Die Wirtin brachte ihre Vorspeisen – gegrillter Spargel mit Ziegenkäse. Der Duft erinnerte Zain an seine Restaurantpläne, an alles, was heute im Amt schief gelaufen war.

«Erzähl mir von dir», sagte Jay plötzlich. «Wie kommt ein… »

Er stockte.

«Ein Perser?», half Zain mit einem schiefen Lächeln.

«Ich wollte sagen, ein talentierter Koch, aber ja, auch das.»

«Meine Eltern kamen in den 80ern nach Hamburg. Vater war Ingenieur, Mutter die beste Köchin der Welt – auch wenn sie das nie zugeben würde.» Zain lächelte bei der Erinnerung. «Sie haben ein kleines Café betrieben. Nichts Besonderes, aber… »

«Aber es war zuhause?»

«Ja.» Zain sah auf. «Woher… »

«Deine Augen.» Jay beugte sich vor. «Sie leuchten, wenn du davon erzählst.»

Die Intensität seines Blicks ließ Zains Haut kribbeln.

«Und du? Wie wird man KSK-Soldat?»

«In meinem Fall? Rebellion.»

Jay grinste.

«Mein Vater ist Professor in Kopenhagen. Er wollte, dass ich in seine Fußstapfen trete. Stattdessen bin ich mit achtzehn zur Bundeswehr. Meine Mutter war Deutsche, deswegen ging das.»

«Und jetzt?»

«Jetzt kann ich mir nichts anderes mehr vorstellen.» Jay zögerte. «Auch wenn es manchmal… einsam ist.»

Die unausgesprochenen Worte hingen zwischen ihnen. Zain wusste, wonach Jay nicht fragte: Können wir das hier wirklich riskieren? Ist es das wert?

Ihre Hände lagen auf dem Tisch, nur Zentimeter voneinander entfernt. Wie in der Bar, vor zwei Wochen. Diesmal war es Jay, der die Distanz überbrückte. Seine Finger streiften Zains Handgelenk, eine flüchtige Berührung, die sich anfühlte wie ein elektrischer Schlag.

«Das ist keine gute Idee», murmelte Jay, machte aber keine Anstalten, seine Hand wegzuziehen.

«Nein», stimmte Zain zu und drehte seine Hand, bis ihre Finger sich verschränkten. «Absolut keine gute Idee.»

Sie saßen da, die Hände ineinander verschlungen, als Zains Handy klingelte. Sara.

Mit einem entschuldigenden Blick zu Jay nahm er den Anruf an.

«Was ist los?»

Saras Stimme zitterte.

«Zain… du musst sofort kommen. Deine Baustelle… es tut mir so leid… »

Die Angst in ihrer Stimme ließ sein Blut gefrieren.

«Ich bin unterwegs», sagte er und legte auf. Zu Jay gewandt: «Ich muss… »

«Ich komme mit», sagte Jay und stand bereits auf.

Es war keine Frage, keine Bitte.

Und Zain war dankbar dafür.

Blaulicht zuckte über die Fassade der ehemaligen Pizzeria. Zwei Polizeiwagen standen vor dem Gebäude, Sara auf dem Bordstein daneben, die Arme um sich geschlungen. Als sie Zain sah, stürzte sie auf ihn zu.

«Es tut mir so leid», schluchzte sie. «Ich war grad auf dem Weg zur Bar, da hab ich gesehen, dass die Tür offen stand. »

Jay blieb einen Schritt hinter ihnen, beobachtete die Situation mit professioneller Aufmerksamkeit. Sein Blick glitt über die zerbrochenen Fensterscheiben, die aufgebrochene Tür.

Ein Polizist kam auf sie zu.

«Sind Sie der Besitzer?»

Zain nickte stumm.

«Können Sie reinkommen? Wir müssen den Schaden aufnehmen.»

Das Innere des Restaurants war ein Schlachtfeld. Die frisch verputzten Wände waren zerschlagen, Bauschutt bedeckte den Boden. Aber das Schlimmste war die Nachricht, die in roter Farbe quer über die Wand gesprüht war:

VERSCHWINDE, SOLANGE DU NOCH KANNST

Jay trat neben ihn, seine Präsenz solid und beruhigend.

«Das ist professionell», sagte er leise. «Kein zufälliger Vandalismus.»

«Nein.» Zains Stimme klang fremd in seinen eigenen Ohren. «Das ist eine Warnung.»

Er dachte an Miras Worte von heute Morgen, an die Visitenkarte in seiner Tasche. Viktor Reichert. Der Mann, der die halbe Straße aufkaufte.

«Können Sie sich denken, wer dahinterstecken könnte?», fragte der Polizist.

Zain öffnete den Mund, zögerte dann. Was sollte er sagen?

Dass ein zwielichtiger Geschäftsmann systematisch Druck auf alle

Ladenbesitzer in der Gegend ausübte?
Dass er heute Morgen praktisch
bedroht worden war?

«Nein», sagte er schließlich. «Keine
Ahnung.»

Er spürte Jays Blick auf sich, fragend,
forschend.

Aber er konnte ihm nicht in die Augen
sehen. Nicht jetzt.

«Die Versicherung wird das nicht
decken», murmelte er, mehr zu sich
selbst. «Und selbst wenn – die Zeit, die
Reparaturen… » Seine Stimme brach.

«Hey.» Jay berührte kurz seinen Arm,
so schnell, dass niemand es bemerkt
haben konnte. «Ein Schritt nach dem
anderen.»

Der Polizist räusperte sich.

«Wir brauchen noch Ihre Aussage. Und
Sie sollten sich überlegen, wo Sie heute
übernachten. Falls die Täter
zurückkommen… »

«Er kommt mit mir», sagte Jay fest. Als
Zain ihn überrascht ansah, fügte er

hinzu: «Ich hab ein Hotelzimmer. Du kannst das Sofa haben.»

Die Polizisten packten zusammen, nachdem sie alles fotografiert und Zains Aussage aufgenommen hatten.

Sara umarmte ihn zum Abschied.

«Ruf mich an, wenn du was brauchst», flüsterte sie. «Egal wann.»

Dann waren sie allein, Jay und er, vor dem verwüsteten Standort seiner Träume.

«Du weißt, wer das war», sagte Jay. Es war keine Frage.

Zain holte die Visitenkarte hervor, reichte sie Jay.

«Er war heute Morgen bei mir. Wollte über die ‚Zukunft meines Projekts‘ reden.»

Jay starrte auf die Karte, seine Miene versteinerte.

«Viktor Reichert?»

«Kennst du ihn?»

«Kennen nicht, aber… » Jay stockte, schien mit sich zu ringen. «Der Zeuge,

den wir bewachen? Seine Aussage
betrifft ein kriminelles Netzwerk.
Geldwäsche, Schutzgelderpressung,
das Übliche. Und der Name Reichert ist
gefallen.»

Zain schloss die Augen.

Natürlich.

Das erklärte alles – die Probleme mit
den Genehmigungen, die plötzlichen
Schwierigkeiten anderer
Geschäftsinhaber.

«Du hättest das der Polizei sagen
sollen», sagte Jay sanft.

«Und dann? Reichert hat
Verbindungen. Das haben sie alle
gesagt.» Zain lachte bitter. «Weißt du,
was das Ironische ist? Vor einer Stunde
war meine größte Sorge, ob ich deine
Hand halten darf oder nicht.»

Jay trat näher, seine Stimme kaum
mehr als ein Flüstern.

«Du darfst. Jederzeit.»

Die simple Aussage traf Zain mitten ins
Herz. Er drehte sich zu Jay um, sah die

Entschlossenheit in seinen Augen.

«Das wird gefährlich», warnte er.

«Ich weiß.»

«Nicht nur wegen Reichert.»

«Ich weiß.»

Sie standen da, im Schatten von Zains zerstörten Träumen, während die Nacht um sie herum atmete.

Schließlich griff Jay nach Zains Hand, verschränkte ihre Finger miteinander.

«Komm», sagte er leise. «Lass uns von hier verschwinden.»

Sie gingen durch die nächtlichen Straßen Berlins, Hand in Hand, zwei Männer gegen eine Welt voller Schatten.

Und obwohl nichts gut war, obwohl alles kompliziert und gefährlich und unmöglich schien, fühlte sich dieser Moment seltsam richtig an.

Gefährliche Nähe

«Das Sofa ist zu kurz», sagte Zain, als sie Jays Hotelzimmer betraten.

Er versuchte, locker zu klingen, als würden sie nicht beide die Spannung spüren, die zwischen ihnen vibrierte.

Jay schmunzelte schwach.

«Stimmt. Aber das Bett ist breit genug für zwei.»

Die Worte hingen zwischen ihnen in der Luft. Zain spürte, wie sein Herzschlag sich beschleunigte. Um sich abzulenken, trat er ans Fenster. Von hier oben sah Berlin aus wie ein Meer aus Lichtern, friedlich fast. Als gäbe es keine Bedrohungen, keine zerstörten Restaurants, keine komplizierten Gefühle.

«Hier.» Jay reichte ihm ein Glas Wasser. Seine Finger streiften Zains, als er es übergab. «Willst du darüber reden?»

«Worüber? Über den Typen, der meine

Existenz bedroht? Oder darüber, dass ich mich ausgerechnet in einen Soldaten verlieben musste?»

Die Worte waren heraus, bevor er sie zurückhalten konnte. Jay erstarrte, das eigene Glas auf halbem Weg zu seinen Lippen.

«Tut mir leid», murmelte Zain. «Das war… »

«Ehrlich?» Jay stellte sein Glas ab und trat näher. «Erschreckend? Kompliziert?»

«Alles davon.»

Sie standen sich gegenüber, nahe genug, dass Zain die kleine Narbe über Jays Augenbraue erkennen konnte, den leichten Bartschatten an seinem Kiefer.

«Erzähl mir von Reichert», sagte Jay sanft. «Alles, was du weißt.»

Zain holte tief Luft und begann zu berichten. Von den ersten subtilen Warnungen, den «zufälligen» Behördenproblemen, den mysteriösen Anrufen. Von Miras Situation und den anderen Geschäften in der Straße.

Jay hörte zu, sein Gesichtsausdruck war ernst. Ab und zu stellte er präzise Fragen, die seine militärische Ausbildung verrieten.

«Er baut sich ein Imperium auf», schloss Zain. «Kauft eine Straße nach der anderen, und wer nicht verkaufen will… »

«Wird dazu gebracht, es sich anders zu überlegen.» Jay fuhr sich durchs Haar. «Das passt zu dem, was unser Zeuge erzählt hat. Reichert nutzt die Läden zur Geldwäsche. Aber dafür braucht er willige Besitzer.»

«Oder verängstigte.»

«Ja.» Jay trat ans Fenster, seine Schultern angespannt. «Ich sollte das melden. Offiziell. Es könnte wichtig für unseren Fall sein.»

«Aber?»

«Aber dann wirst du in die Sache hineingezogen. Befragungen, Überwachung, möglicherweise

Gefährdung als Zeuge.» Er drehte sich um. «Ich will dich nicht in Gefahr bringen.»

«Zu spät.» Zain lachte bitter. «Ich bin bereits mittendrin.»

«Das ist nicht alles.» Jay machte einen Schritt auf ihn zu. «Wenn das offiziell wird… ich kann dich nicht mehr sehen. Keine persönliche Verstrickung mit Zeugen. Das ist Vorschrift.»

Die Worte trafen Zain härter als erwartet.

«Wäre das so schlimm? Wir kennen uns kaum.»

«Lügner», sagte Jay leise. Seine Hand fand Zains Wange, warm und rau. «Du weißt genau, dass das nicht stimmt.»

Zain lehnte sich in die Berührung. «Was machen wir jetzt?»

«Das Richtige wäre, dich morgen früh zur Polizei zu bringen. Deine Aussage aufnehmen zu lassen. Reichert zu stoppen.»

«Und das Falsche?»

Jays Daumen strich über Zains
Wangenknochen.

«Dir zu sagen, dass ich dich seit zwei
Wochen nicht aus dem Kopf bekomme.
Dass ich nachts wach liege und an
deine Hände denke, dein Lächeln, die
Art wie du mich ansiehst… »

«Jay… » Zains Stimme war kaum mehr
als ein Flüstern.

«Dir zu sagen, dass ich weiß, dass das
hier dumm ist und gefährlich und
kompliziert… » Jay lehnte seine Stirn
gegen Zains. «Und dass es mir egal ist.»

Sie standen da, atmeten die gleiche
Luft, während draußen Berlin seine
nächtliche Symphonie spielte. Sirenen
in der Ferne, das Rauschen des
Verkehrs, das Pochen ihrer Herzen.

«Wir könnten… » begann Zain.

Ein schrilles Klingeln durchschnitt die
Luft. Jays Handy.

«Jay?» Marcos Stimme klang
angespannt durch den Hörer. «Wir
haben ein Problem. Der Zeuge dreht

durch. Will seine Aussage vorziehen. Jetzt sofort.»

Jay schloss die Augen, seine freie Hand noch immer an Zains Wange.

«Ich bin in zwanzig Minuten da.»

«Beeil dich.»

Er legte auf und trat einen halben Schritt zurück, gerade weit genug, um Zains Gesicht sehen zu können.

«Ich muss los.»

«Ich weiß.»

Keiner von beiden bewegte sich.

«Du solltest hierbleiben», sagte Jay. «Es ist sicherer als deine Wohnung. Und ich… » Er holte tief Luft. «Ich würde gerne wiederkommen. Nachher.»

Zain nickte.

Die Distanz zwischen ihnen fühlte sich falsch an, wie ein körperlicher Schmerz.

«Jay?»

«Ja?»

«Wenn du jetzt gehst… » Zain trat näher, bis sie sich wieder berührten.

«Dann sollten wir vorher etwas

klarstellen.»

«Was… »

Der Rest der Frage ging verloren, als Zains Lippen seine fanden. Der Kuss war sanft, fast schüchtern zunächst, eine Frage mehr als eine Forderung. Jays Hand glitt in Zains Nacken, zog ihn näher, während die andere sich in den weichen Stoff seines Pullovers krallte.

Die Welt um sie herum verschwamm, wurde bedeutungslos. Es gab nur noch Zains Finger, die über Jays Rücken strichen, den leichten Geschmack von Wein auf seinen Lippen, das leise Geräusch, das er machte, als Jay sanft seine Unterlippe zwischen die Zähne nahm.

Jays Handy vibrierte erneut.

«Verdammt», murmelte er gegen Zains Lippen.

«Geh.» Zain löste sich widerwillig von ihm. Seine Lippen waren gerötet, seine Augen dunkel. «Tu, was du tun musst.»

«Ich komme wieder.»

«Ist das ein Versprechen?»

Jay griff nach seiner Dienstwaffe, die er beim Betreten des Zimmers abgelegt hatte. «Ja. Und ich halte meine Versprechen.»

Er war schon an der Tür, als Zains Stimme ihn noch einmal innehalten ließ.

«Jay? Pass auf dich auf.»

Die Sorge in seiner Stimme traf Jay unerwartet tief. Wie lange war es her, dass sich jemand so um ihn gesorgt hatte? Dass jemand Jay gesehen hatte, nicht nur den Soldaten?

Er drehte sich um, überbrückte die Distanz zwischen ihnen mit zwei schnellen Schritten und küsste Zain noch einmal.

Härter diesmal, drängender, ein Versprechen anderer Art.

«Du auch», flüsterte er. «Schließ die Tür ab. Lass niemanden rein.»

Dann war er weg, der Geschmack von

Zain noch auf seinen Lippen, während er durch die nächtlichen Straßen Berlins eilte. Sein Team brauchte ihn, der Zeuge brauchte ihn. Er musste fokussiert sein, professionell.
Aber alles in ihm schrie danach, umzukehren.
Je schneller er seinen Job erledigte, desto schneller konnte er zurück.
Zurück zu dem Mann, der in nur wenigen Tagen seine ganze Welt auf den Kopf gestellt hatte. Zurück zu Zain.
Zain konnte nicht still sitzen. Nachdem Jay gegangen war, hatte er eine Stunde damit verbracht, im Hotelzimmer auf und ab zu gehen. Seine Lippen kribbelten noch immer von den Küssen, aber die Sorge nagte an ihm.
Sein Handy summte. Eine Nachricht von Sara.
«Mira hat alle zusammengetrommelt. Treffen im Phoenix. JETZT.»
Er zögerte.
Jay hatte ihn gebeten, im Hotel zu

bleiben. Aber…

«Wer ist alles da?», schrieb er zurück.

«Mira, der Typ vom Späti, das türkische Restaurant, der Buchladen. Alle, die noch Widerstand leisten.»

Zain fluchte leise.

Er konnte nicht hier sitzen und nichts tun, während andere für ihn kämpften. Jay würde das verstehen müssen.

Das Phoenix lag im Halbdunkel, nur die kleine Lampe über der Bar brannte. Acht Menschen saßen um den größten Tisch, alle mit dem gleichen gehetzten Ausdruck in den Augen.

«Da bist du ja», sagte Mira. Sie sah noch erschöpfter aus als am Morgen. «Wir müssen reden. Alle zusammen.»

Kemal vom türkischen Restaurant erhob sich. «Sie waren heute bei mir. Zwei Typen im Anzug. Sagten, die Gesundheitsbehörde würde nächste Woche eine ‚Routinekontrolle‘ machen.»

«Bei mir waren's die

Brandschutzvorschriften», warf Anna vom Buchladen ein. «Angeblich neue Regelungen für Geschäfte mit mehr als 3000 Büchern.» Sie lachte bitter. «Als ob sowas existiert.»

«Es wird schlimmer», sagte Mira. «Tarek – der mit dem Barbershop – hat erzählt, dass Reichert überall seine Leute sitzen hat. In den Ämtern, bei der Polizei… »

«Deswegen sind wir hier», unterbrach Sara. «Wir müssen uns zusammentun. Uns gegenseitig helfen.»

«Wie denn?» Kemal schüttelte den Kopf. «Die sind zu mächtig.»

«Nicht wenn wir alle aussagen», sagte Zain plötzlich. Alle Augen richteten sich auf ihn. «Gemeinsam. Mit Beweisen. Fotos von den Zerstörungen, Aufzeichnungen von Gesprächen, alles, was wir haben.»

«Bist du wahnsinnig?» Anna starrte ihn an. «Das ist Selbstmord!»

«Nein.» Zain dachte an Jay, an den

Zeugen, den er beschützte. «Ich habe…
Kontakte. Leute, die gegen Reichert
ermitteln. Wenn wir genug Material
sammeln…»

Ein Geräusch vor der Tür ließ alle
zusammenzucken. Aber es war nur der
Wind, der eine leere Flasche
umgeworfen hatte.

«Okay», sagte Mira langsam.
«Angenommen, wir machen das. Was
brauchen deine… Kontakte?»

Die nächste Stunde verbrachten sie
damit, Beweise zu sammeln. Fotos
wurden auf einen USB-Stick gezogen,
Termine von verdächtigen «Kontrollen»
notiert, Drohungen dokumentiert.

Es war fast drei Uhr morgens, als sie
aufbrachen. Zain trat als letzter aus der
Bar, den USB-Stick sicher in seiner
Tasche.

Er bemerkte den schwarzen Van erst,
als er die zweite Straßenecke erreichte.
Zu spät erkannte er, dass er ihm folgte.
Sein Herz begann zu rasen. Das Hotel

war zu weit weg. Die Bar… nein, zu offensichtlich.

Aber wohin dann?

Sein Handy fühlte sich bleischwer in seiner Tasche an. Ein Anruf an Jay würde ihn von seinem Einsatz ablenken, könnte ihn gefährden.

Der Van wurde schneller.

Zain bog scharf ab, in eine der engen Nebenstraßen Kreuzbergs. Sein Restaurant – oder was davon übrig war – lag nur zwei Blocks entfernt. Er kannte dort jede Ecke, jeden Hinterausgang.

Schritte hinter ihm. Mehr als einer.

Er rannte los.

Die Tür zum Restaurant war noch immer aufgebrochen. Zain schlüpfte hinein, sein Atem ging stoßweise. Im Dunkeln tastete er sich durch den verwüsteten Raum, bis er die Küche erreichte. Der alte Lagerraum hatte einen versteckten Ausgang zum Hinterhof – ein Überbleibsel aus der

Zeit, als das Gebäude noch eine Kneipe gewesen war.

Stimmen von draußen.

Zain presste sich an die Wand. Seine Hand zitterte, als er sein Handy hervorzog. Jay. Er musste Jay anrufen. Aber was, wenn er ihn in Gefahr brachte? Wenn er seinen Einsatz gefährdete?

Ein Lichtstrahl tastete durch die zerbrochenen Fenster.

Die Entscheidung wurde ihm abgenommen, als sein Handy vibrierte. Jay.

«Wo bist du?», fragte Jay ohne Begrüßung. Seine Stimme klang angespannt.

«In meinem Restaurant», flüsterte Zain. «Sie… sie folgen mir.»

Eine Sekunde Stille.

Dann: «Wie viele?»

«Mindestens drei. Sie wollen… »

Ein Krachen von vorne unterbrach ihn. Sie waren im Gebäude.

«Zain?» Jays Stimme war jetzt scharf, professionell. «Hör mir zu. Versteck dich. Ich bin in wenigen Minuten da. Behalt dein Handy griffbereit.»

«Jay, der Einsatz… »

«Ist vorbei. Der Zeuge ist sicher. Ich bin schon unterwegs.»

Die Verbindung brach ab. Schritte näherten sich der Küche.

Zain schlich weiter zurück.

«Er muss hier rein sein.»

«Check die Hintertür.»

«Der Boss will den USB-Stick. Mehr nicht.»

Zain glitt hinter die alte Theke. Von hier konnte er den Hintereingang sehen und…

Eine Hand packte seinen Arm.

Er wirbelte herum, bereit zu kämpfen, aber eine weitere Hand presste sich auf seinen Mund.

«Shhhh», zischte eine bekannte Stimme. «Ich bin's.»

Jay. Irgendwie war er

hereingekommen.

«Wie?», begann Zain, aber Jay schüttelte den Kopf.

Die Schritte kamen näher. Jay zog Zain enger an sich, seine Waffe in der anderen Hand.

«Vertrau mir», flüsterte er.

Drei endlose Minuten verstrichen. Die Eindringlinge durchsuchten methodisch den Raum. Einer kam so nahe an der Theke vorbei, dass Zain sein Aftershave riechen konnte.

Dann, endlich, Sirenen in der Ferne.

«Scheiße», fluchte einer der Männer. «Die Bullen.»

«Egal. Er muss hier irgendwo… »

«Vergiss es. Der Boss will keine Aufmerksamkeit. Wir kommen wieder.»

Hastige Schritte, eine zuschlagende Tür. Stille.

Jay wartete noch zwei Minuten, bevor er Zain losließ.

«Alles okay?»

Zain nickte benommen. Sein Herz hämmerte noch immer.

«Wie bist du so schnell…?»

«Ich war schon auf dem Weg hierher. Der Zeuge hat ausgepackt – Reichert ist größer, als wir dachten. Ein ganzes Netzwerk.» Jay strich Zain eine verschwitzte Locke aus der Stirn.

«Was ist passiert?»

Zain erzählte von dem Treffen, dem USB-Stick, der Verfolgung. Mit jedem Wort wurde Jays Gesicht ernster.

«Das ist es», sagte er schließlich. «Das ist der Durchbruch, den wir brauchen. Wenn wir die Aussagen der Geschäftsleute mit denen unseres Zeugen kombinieren… »

«Dann können wir Reichert stoppen?»

«Ja. Aber… » Jay zögerte. «Es wird gefährlich. Für alle Beteiligten.»

Die Sirenen waren jetzt ganz nah. Blaues Licht flackerte durch die zerbrochenen Fenster.

«Gefährlicher als das hier?», fragte Zain

bitter.

Statt einer Antwort zog Jay ihn an sich und küsste ihn. Es war anders als vorhin im Hotel – verzweifelt, fast grob, als müsste er sich vergewissern, dass Zain wirklich hier war, unverletzt.

«Ich hätte dich fast verloren», murmelte er gegen Zains Lippen.

«Aber hast du nicht.»

«Nein.» Jay löste sich widerwillig von ihm. «Und das wird auch nicht passieren. Wir stoppen Reichert. Zusammen.»

Draußen waren jetzt Stimmen zu hören, Polizisten, die das Gebäude umstellten.

«Was ist mit den Vorschriften?», fragte Zain leise. «Keine persönliche Verstrickung mit Zeugen?»

Jay lächelte grimmig.

«Zu spät dafür, oder?» Er strich mit dem Daumen über Zains Wange.

Sie traten gemeinsam ins grelle Licht der Polizeischeinwerfer. Was auch immer die nächsten Tage bringen würden, sie würden es zusammen durchstehen.

Der Kampf hatte gerade erst begonnen.

Unter Druck

Die Morgensonne fiel durch die Hotelfenster und malte warme Streifen auf das zerwühlte Bett.

Zain beobachtete, wie Jay methodisch seine Ausrüstung überprüfte - Waffe, Ersatzmagazin, Handy, Headset. Seine Bewegungen waren präzise, routiniert, so anders als die sanften Berührungen der vergangenen Nacht.

Sie hatten kaum geschlafen. Nach der Sache im Restaurant waren sie hierher zurückgekehrt, hatten bis zum Morgengrauen Pläne geschmiedet, Beweise gesichtet, und in den wenigen ruhigen Momenten dazwischen... Zain spürte, wie sein Puls sich bei der Erinnerung beschleunigte.

«Der USB-Stick ist sicher?», fragte Jay zum dritten Mal.

«In Saras Schließfach. Keiner würde dort suchen.»

Jay nickte, dann erstarrte er. Sein
Handy vibrierte.

«Weber.»

Die Anspannung in seiner Stimme ließ
Zain sich aufsetzen. Jay nahm den
Anruf an.

«Ja, Sir?» Eine Pause. «Verstanden. Bin
in zwanzig Minuten da.»

Er legte auf, sein Gesicht verschlossen.

«Probleme?», fragte Zain.

«Weber will mich sprechen. Sofort.» Jay
fuhr sich durchs Haar. «Jemand muss
uns gestern gesehen haben.
Zusammen.»

Die unausgesprochene Sorge hing
zwischen ihnen.

Was würde das für Jay bedeuten?

Für seinen Job?

Für sie?

«Es tut mir leid», sagte Zain leise.
«Wenn ich nicht zur Bar gegangen
wäre… »

«Nein.» Jay war mit zwei Schritten bei
ihm, kniete sich vors Bett. «Hör auf.

Das ist nicht deine Schuld.»

Seine Hand fand Zains Nacken, zog ihn zu sich herunter. Der Kuss war sanft, fast schon verzweifelt.

«Jay… » Zain lehnte seine Stirn gegen Jays. «Was machen wir hier eigentlich?»

«Ich weiß es nicht.» Jays Daumen strich über Zains Wangenknochen. «Ich weiß nur, dass es sich richtig anfühlt. Zum ersten Mal seit… seit immer.»

«Auch wenn es dich deinen Job kostet?»

«Es gibt andere Jobs.»

Die simple Aussage traf Zain mitten ins Herz.

«Du liebst deinen Job.»

«Ja.» Jay küsste ihn erneut, kurz diesmal. «Aber ich fange an zu glauben, dass es wichtigere Dinge gibt.»

Sein Handy vibrierte erneut.

«Geh», sagte Zain. «Bevor Weber noch wütender wird.»

Jay stand auf, griff nach seiner Jacke. An der Tür drehte er sich noch einmal um.

«Bleib hier. Bitte. Bis ich zurück bin.»

«Ich muss zur Bar. Sara macht sich Sorgen und… »

«Zain.» Die Intensität in Jays Stimme ließ ihn verstummen. «Reicherts Leute sind noch da draußen. Und nach gestern Nacht… » Er holte tief Luft. «Ich kann mich nicht auf das Gespräch mit Weber konzentrieren, wenn ich mir Sorgen um dich machen muss.»

«Okay», sagte Zain nach einem Moment. «Okay, ich bleibe hier.»

Die Erleichterung in Jays Augen war deutlich zu sehen. Er öffnete den Mund, als wollte er noch etwas sagen, schloss ihn dann wieder.

«Was?», fragte Zain.

«Nichts.» Jay schüttelte den Kopf. «Nur… das hier?» Er deutete zwischen ihnen hin und her. «Das ist mehr als nur… mehr als ich erwartet hatte.»

«Ich weiß», sagte Zain leise. «Für mich auch.»

Sie sahen sich an, beide bewusst, dass

sie an einem Punkt angelangt waren, von dem es kein Zurück mehr gab.

Was auch immer in dem Gespräch mit Weber passieren würde - nichts würde das hier ungeschehen machen können. Als die Tür hinter Jay ins Schloss fiel, lehnte Zain sich zurück aufs Bett. Der Geruch von Jays Aftershave hing noch in der Luft, vermischte sich mit dem Echo ihrer Küsse, ihrer geflüsterten Worte in der Dunkelheit.

Mehr als erwartet. Mehr als sie beide sich erlauben durften.

Und doch nicht genug.

Hauptmann Weber stand am Fenster seines temporären Büros im Regierungsviertel, die Hände hinter dem Rücken verschränkt. Er drehte sich nicht um, als Jay eintrat.

«Schließen Sie die Tür, Jespersen.»

Jay gehorchte.

Die Stille im Raum war erdrückend.

«Gestern Abend», sagte Weber schließlich, «haben Sie Ihren Posten verlassen. Mitten in einer kritischen Operation.»

«Sir, der Zeuge war sicher, und Marco… »

«Schweigen Sie.» Weber drehte sich um. Seine grauen Augen fixierten Jay.

«Wissen Sie, warum ich Sie für diesen Einsatz ausgewählt habe?»

«Nein, Sir.»

«Weil Sie der Beste sind. Weil Sie nie - nie - persönliche Interessen über die Mission stellen.» Weber setzte sich hinter seinen Schreibtisch. «Zumindest dachte ich das.»

Jay spannte sich an.

«Sir, wenn es um den Barbesitzer geht... »

«Zain Malik.» Weber öffnete eine Akte vor sich. «Interessanter Mann. Erfolgreiche Bar, plant ein Restaurant. Keine Vorstrafen, keine politischen Aktivitäten. Bis vor kurzem völlig unauffällig.»

«Er ist ein Zivilist, der in Gefahr ist.»

«Ist er das?» Weber lehnte sich vor. «Oder ist er mehr? Seien Sie ehrlich, Jespersen. Was läuft da?»

Jay schluckte.

Er hatte mit vielem gerechnet, aber nicht mit dieser direkten Frage.

«Sir, ich... »

«Entspannen Sie sich.» Weber winkte ab. «Ihre... Präferenzen sind mir egal. Was mich interessiert, ist die Tatsache, dass Sie einen wichtigen Zeugen im Stich gelassen haben, um zu ihm zu rennen.»

«Es war eine Notsituation. Reicherts

Leute… »

«Reichert.» Weber spuckte den Namen förmlich aus. «Viktor verdammter Reichert.»

Etwas in seiner Stimme ließ Jay aufhorchen. «Sie kennen ihn näher?»

Weber schwieg einen Moment. Dann: «Wir waren zusammen beim KSK. Vor zwanzig Jahren.»

Die Information traf Jay wie ein Schlag. «Was?»

«Er war gut. Brillant sogar. Aber er hatte merkwürdige Ideen. Über Macht, Kontrolle, Geld.» Weber stand auf und ging zum Fenster zurück. «Als wir ihm auf die Schliche kamen, ist er verschwunden. Ist untergetaucht. Bevor wir Beweise sichern konnten.»

«Und jetzt?»

«Jetzt nutzt er seine militärische Ausbildung, um Menschen einzuschüchtern. Um ein kriminelles Netzwerk aufzubauen.» Weber drehte sich zu Jay um. «Und Sie, Jespersen, sind dabei, sich in etwas zu verwickeln, das größer ist als eine simple Romanze.»

Jay spürte, wie sich sein Magen verkrampfte.

«Die Geschäftsleute haben Beweise gesammelt. Wenn wir das mit der Aussage unseres Zeugen kombinieren… »

«Können wir ihn endlich festnageln.» Weber nickte. «Aber dafür brauche ich Sie fokussiert. Hundert Prozent.»

«Das bin ich.»

«Sind Sie das?» Weber trat näher. «Können Sie mir in die Augen sehen und schwören, dass Sie objektiv bleiben können? Dass Sie nicht zögern werden, wenn es hart auf hart kommt?»

Jay hielt seinem Blick stand.

«Ich werde meinen Job tun.»

«Auch wenn das bedeutet, Malik aus der Schusslinie zu halten? Ihn komplett aus der Sache rauszuhalten?»

Die Frage hing zwischen ihnen in der

Luft. Jay dachte an Zain, an sein Lächeln heute Morgen, an die Art, wie er sich anfühlte…

«Nein», sagte er schließlich. «Das kann ich nicht versprechen.»

Zu seiner Überraschung lächelte Weber. «Gut.»

«Sir?»

«Endlich sind Sie ehrlich.» Weber setzte sich wieder. «Hören Sie zu, Jespersen. Ich brauche Sie in diesem Fall. Aber ich brauche auch Malik und die anderen Zeugen. Also werden wir das anders angehen.»

Er zog ein Foto aus der Akte. Es zeigte Reichert, jünger, in Uniform.

«Sie bleiben an Malik dran. Beschützen Sie ihn, sammeln Sie Beweise. Aber… » Weber hob einen Finger. «Sie melden alles. Jedes Detail. Keine Alleingänge mehr.»

«Verstanden, Sir.»

«Und Jespersen?» Weber sah ihn durchdringend an. «Wenn Sie schon Ihr

Herz riskieren - stellen Sie verdammt noch mal sicher, dass es sich lohnt.»

Jay verließ das Büro mit gemischten Gefühlen.

Sein Handy vibrierte - eine Nachricht von Zain: «Alles okay?»

Jay tippte eine Antwort: «Besser als erwartet. Bin gleich da. Und Zain? Es lohnt sich. Definitiv.»

Das Café Morgenlicht lag weit genug von ihrem Viertel entfernt, um sicher zu sein - hoffte Zain zumindest. Die anderen waren bereits da, saßen um einen Tisch in der hintersten Ecke.

Sechs statt der ursprünglichen acht. Anna vom Buchladen und Hassan vom Späti hatten sich bereits zurückgezogen.

«Sie haben Angst», flüsterte Sara, die neben ihm stand. «Und ehrlich gesagt, ich verstehe sie.»

Zain nickte nur.

Er hatte Jay versprochen, im Hotel zu bleiben, aber das hier war zu wichtig.

Die Gruppe brauchte jetzt Führung, einen Plan.

«Also», begann er, nachdem er sich gesetzt hatte. «Der USB-Stick ist sicher. Wir haben Beweise, wir haben Zeugen. Die Behörden sind bereits an Reichert dran.»

«Was für Behörden?», fragte Kemal skeptisch. «Die Polizei? Die steckt doch mit drin!»

«Nicht die Polizei.» Zain zögerte. Er wollte nicht zu viel über Jays Einheit preisgeben. «Eine Spezialeinheit. Sie haben bereits einen Hauptzeugen.»

«Und was ist mit uns?» Mira rieb sich müde die Augen. «Wer beschützt uns?»

Bevor Zain antworten konnte, klingelte Miras Handy. Ihre Augen weiteten sich, als sie auf das Display sah.

«Ja?… Was?… Nein… NEIN!»

Sie ließ das Handy fallen, ihr Gesicht kreidebleich.

«Meine Weinhandlung», flüsterte sie.

«Sie… sie brennt.»

Die Worte fielen wie Steine in die geschockte Stille.

«Das ist eine Warnung», sagte Kemal und stand auf. «Es tut mir leid, Zain. Aber ich hab Familie. Ich kann nicht. »

«Warte!» Zain griff nach seinem Arm. «Wenn wir jetzt aufgeben, gewinnt er. Ist es das, was ihr wollt? Alles verlieren, wofür ihr gearbeitet habt?»

«Besser das als tot», murmelte jemand. Sara trat vor. «Er hat Recht. Zusammen sind wir stärker. Diese… diese Spezialeinheit, sie wird uns beschützen, oder?»

Zain dachte an Jay, an das Versprechen in seinen Augen heute Morgen.

«Ja. Aber wir müssen durchhalten. Nur noch ein paar Tage, bis alle Beweise zusammen sind.»

Mira schluchzte leise.

«Meine ganzen Weinregale… das war mein Lebenswerk… »

«Wir helfen dir beim Wiederaufbau», sagte Zain fest. «Alle zusammen. Das ist es, was Reichert nicht versteht - wir sind eine Gemeinschaft. Wir lassen niemanden allein.»

Sein Handy vibrierte. Jay.

«Wo bist du? Du solltest im Hotel bleiben!»

Zain tippte schnell: «Notfall. Miras Laden brennt. Treffen im Café Morgenlicht.»

Die Antwort kam sofort: «Bin gleich da. Beweg dich nicht vom Fleck.»

Er steckte das Handy weg und sah in die verängstigten Gesichter um ihn herum.

«Hört zu», sagte er. «Ich weiß, ihr habt Angst. Aber genau das will er. Er will uns isolieren, einen nach dem anderen brechen. Wenn wir jetzt zusammenhalten, wenn wir stark bleiben… »

«Dann was?» Kemal schüttelte den Kopf. «Er hat überall seine Leute. In den Ämtern, bei der Polizei. Wie sollen wir gegen sowas ankämpfen?»

«Indem wir schlauer sind.» Zain lehnte sich vor. «Indem wir jeden seiner Schritte dokumentieren, jeden Übergriff, jede Drohung. Die Beweise, die wir haben… »

Die Tür des Cafés öffnete sich. Zain erwartete Jay, aber stattdessen betrat ein Mann im teuren Anzug den Raum. Zwei weitere folgten ihm.

Mira erstarrte.

«Das… das ist einer von denen, die bei mir waren… »

Zain spürte, wie sich sein Magen verkrampfte. Sie hatten sie gefunden. Aber wie?

Sein Blick fiel auf den Barista hinter der Theke, der hastig wegsah.

Sie waren direkt in eine Falle gelaufen.

«Guten Morgen», sagte eine kultivierte Stimme von der Tür her. «Ich hoffe, ich störe Ihre kleine… Versammlung nicht.»

Zain drehte sich langsam um. Der Mann, der dort stand, passte perfekt zu der Stimme - groß, schlank, graue Schläfen, maßgeschneiderter Anzug. Viktor Reichert persönlich.

«Was wollen Sie?», fragte Zain und war stolz darauf, wie fest seine Stimme klang.

«Eine zivilisierte Unterhaltung.» Reichert lächelte, aber seine Augen blieben kalt. «Darf ich mich setzen?» Er wartete keine Antwort ab, sondern zog sich einen Stuhl heran. Seine Begleiter postierten sich strategisch im Raum - einer an der Tür, einer in der Nähe der Theke.

«Ich muss sagen, ich bin enttäuscht.» Reichert faltete seine Hände auf dem Tisch. «Wir hätten das alles so viel… eleganter regeln können.»

«Durch Erpressung? Durch Brandstiftung?» Miras Stimme zitterte vor Wut.

«Geschäft ist Geschäft.» Reichert zuckte mit den Schultern. «Manchmal braucht es… Anreize.»

«Sie nennen das Anreize?» Zain beugte sich vor. «Sie zerstören Existenzen!»

«Ich schaffe Ordnung.» Reicherts Lächeln wurde härter. «Diese Straße, dieses Viertel - es hat Potenzial. Aber dafür braucht es eine... koordinierte Führung.»

«Sie meinen eine kriminelle Organisation.»

«So melodramatisch, Herr Malik.» Reichert schüttelte den Kopf. «Apropos - wie geht es eigentlich Ihrem... Freund? Kjell Jespersen, nicht wahr?»

Zains Blut gefror. Das musste Jays vollständiger Name sein. Sara griff unter dem Tisch nach seiner Hand.

«Oh ja, ich weiß alles über ihn.» Reichert lehnte sich zurück. «Brillanter Soldat. Einer der Besten beim KSK. Es wäre... bedauerlich, wenn seine Karriere durch eine unbedachte Verbindung gefährdet würde.»

«Lassen Sie ihn da raus», zischte Zain.

«Das liegt ganz bei Ihnen.» Reichert

stand auf. «Sie haben vierundzwanzig Stunden. Übergeben Sie mir den USB-Stick, unterschreiben Sie die Verkaufspapiere - alle von Ihnen - und diese unerfreuliche Situation ist beendet.»

«Und wenn nicht?»

«Dann… » Reichert lächelte wieder dieses kalte Lächeln. «Nun, lassen Sie uns sagen, Brandstiftung wäre dann Ihr geringstes Problem. Fragen Sie Weber, er weiß, wozu ich fähig bin.»

Die Tür des Cafés flog auf. Jay stand im Eingang, eine Hand unter seiner Jacke, wo Zain seine Waffe vermutete.

«Ah, da ist er ja.» Reichert nickte Jay zu. «Wir sprachen gerade von Ihnen.»

«Verschwinden Sie», sagte Jay mit gefährlich ruhiger Stimme.

«Natürlich.» Reichert knöpfte sein Jackett zu. «Denken Sie an meine Worte. Vierundzwanzig Stunden.»

Er ging zur Tür, hielt neben Jay inne. «Sie wissen, dass Sie keine Chance haben, oder? Weber hat es auch nicht geschafft. Und er hatte mehr zu verlieren als Sie. Ach, und die Polizei hier? Die gehört mir.»

Dann war er weg, seine Männer folgten ihm wie Schatten.

Jay war sofort bei Zain.

«Bist du okay? Was hat er gesagt?»

Zain konnte nur nicken. Die anderen saßen wie versteinert.

«Er weiß alles», flüsterte Sara. «Über uns, über dich, über… »

«Natürlich weiß er das.» Jay zog sein Handy hervor. «Weber hatte Recht. Er nutzt seine militärische Ausbildung. Wahrscheinlich hat er uns alle überwachen lassen.»

«Was machen wir jetzt?», fragte Mira leise.

Zain sah zu Jay, dann zu den anderen. «Wir haben vierundzwanzig Stunden. Dann will er den Stick und unsere Unterschriften.»

«Oder?»

«Oder er macht ernst.» Zain holte tief Luft. «Die Frage ist: Geben wir auf?»
Eine lange Stille folgte. Jay trat näher, seine Hand fand Zains Schulter.
«Nein», sagte Kemal plötzlich. «Genug ist genug. Mein Vater hat unser Restaurant nicht aufgebaut, damit irgendein Gangster es sich unter den Nagel reißt.»
Einer nach dem anderen nickten die anderen.
«Okay.» Jay drückte Zains Schulter. «Dann nutzen wir diese vierundzwanzig Stunden. Weber muss sofort informiert werden. Und ihr alle… » Er sah in die Runde. «Ihr kommt unter Schutz. Sofort.»
«Wo?»
«Das Phoenix», sagte Sara. «Die Bar ist groß genug. Und gemeinsam sind wir sicherer als allein.»
Jay nickte.
«Ich organisiere Überwachung. Diesmal unterschätzen wir ihn nicht.»

Als sie aufbrachen, zog Jay Zain zur Seite. «Es war dumm, das Hotel zu verlassen.»

«Ich weiß. Tut mir leid.»

«Nein.» Jay lehnte seine Stirn gegen Zains. «Mir tut es leid. Ich hätte wissen müssen, dass du nicht untätig bleiben kannst. Das ist einer der Gründe, warum ich… » Er brach ab.

«Warum du was?»

Jay küsste ihn, kurz aber intensiv.

«Warum ich mich in dich verliebt habe.»

Die Worte hingen zwischen ihnen, während draußen der Tag erwachte. Sie hatten vierundzwanzig Stunden.

Der Countdown hatte begonnen.

Der Plan

Das Phoenix hatte sich in eine Festung
verwandelt. Tische wurden zu
provisorischen Schlafplätzen
umfunktioniert, Vorhänge zugezogen.
Sara verteilte Kaffee, während Marco -
in Zivil - diskret die Eingänge
überwachte.
Zain stand hinter der Bar und
beobachtete die Szene. Mira lag
zusammengerollt auf einer Bank,
erschöpft von stundenlangem Weinen
über ihre zerstörte Weinhandlung.
Kemal telefonierte leise mit seiner
Familie, versicherte ihnen, dass alles in
Ordnung sei.
Die anderen dösten oder starrten ins
Leere.
«Hier.» Sara drückte ihm eine Tasse in
die Hand. «Du siehst aus, als könntest
du das brauchen.»
«Danke.» Er nahm einen Schluck,

spürte kaum den Geschmack. «Das ist alles meine Schuld, oder? Wenn ich einfach verkauft hätte… »

«Hör auf.» Sara lehnte sich neben ihn. «Du hast uns allen Mut gemacht. Zum ersten Mal seit Monaten fühle ich mich nicht mehr hilflos.»

Jay kam von seiner Kontrollrunde zurück, nickte Marco zu und kam zur Bar. Die Art, wie sein Blick sofort zu Zain wanderte, wie seine Schultern sich minimal entspannten, als ihre Augen sich trafen - es war so offensichtlich, dass Sara leise schnaubte.

«Ich geh mal… irgendwohin», murmelte sie und verschwand.

«Weber schickt zwei weitere Teams», sagte Jay leise. «Sie überwachen alle Zugänge. Niemand kommt hier rein, ohne dass wir es wissen.»

Zain nickte.

Er wollte etwas sagen, irgendetwas, aber die Worte blieben ihm im Hals stecken.

«Hey.» Jay lehnte sich über die Bar, seine Stimme kaum mehr als ein Flüstern. «Woran denkst du gerade?»
«An das, was du vorhin gesagt hast. Im Café.» Zain sah auf seine Hände. «Das mit dem Verliebtsein.»
«Ah.» Jay wurde still. «Zu früh?»
«Nein.» Zain hob den Blick, sah in diese unglaublich blauen Augen. «Perfektes Timing eigentlich. Kurz bevor wir alle draufgehen könnten.»
«Das war nicht witzig.»
«War auch nicht als Witz gemeint.» Zain stellte seine Tasse ab.
«Jay, falls das hier schiefgeht… »
«Wird es nicht.»
«Falls doch.» Er holte tief Luft. «Ich will, dass du weißt… dass ich auch… also… »
Jay griff über die Bar, zog ihn zu sich. Der Kuss war sanft, fast keusch, aber er sagte alles, was Zain nicht in Worte fassen konnte.
«Ich weiß», murmelte Jay gegen seine

Lippen.

Ein Räuspern ließ sie auseinanderfahren. Marco stand da, ein schiefes Grinsen im Gesicht.

«Sorry, Leute, aber wir haben Bewegung draußen. Ein schwarzer Van, zwei Blocks entfernt.»

Jay war sofort wieder der Soldat. «Überwachung oder Angriff?»

«Sieht nach Überwachung aus. Zwei Männer, professionelle Ausrüstung.»

«Reichert will wissen, ob wir zusammenbleiben», sagte Zain. «Ob wir aufgeben.»

«Soll er ruhig zusehen.» Jay überprüfte seine Waffe. «Je mehr er sich in Sicherheit wiegt, desto besser.»

«Dein Chef - Weber», Zain zögerte. «Er kennt Reichert. Da ist mehr als nur eine alte Militärgeschichte, oder?»

Ein Schatten huschte über Jays Gesicht. «Ja. Aber das ist seine Geschichte, die er selbst erzählen sollte.»

Als hätten sie ihn heraufbeschworen,

öffnete sich die Tür und Weber trat ein. Sein Gesichtsausdruck ließ alle verstummen.

«Es wird Zeit», sagte er, «dass Sie die ganze Geschichte erfahren.»

Weber nahm einen Schluck von dem Whiskey, den Zain ihm eingeschenkt hatte. Die Bar war still geworden, alle Augen auf ihn gerichtet.

«Es war 2004», begann er. «Reichert und ich leiteten gemeinsam eine Spezialeinheit. Er war mein bester Freund, der Pate meiner Tochter.» Seine Stimme wurde rau. «Wir untersuchten eine Serie von Überfällen auf Geschäfte in Frankfurt. Das Muster war immer gleich - erst kamen Drohungen, dann ‚Unfälle‘, schließlich verkauften die Besitzer. Günstig.»

Jay setzte sich neben Zain, ihre Schultern berührten sich leicht.

«Eines Tages», fuhr Weber fort, «fand ich Unstimmigkeiten in den Berichten. Gelder, die verschwanden, Beweise, die sich in Luft auflösten.» Er lachte bitter. «Ich war so naiv. Ging zu Viktor, wollte mit ihm darüber reden. Mann zu Mann.»

«Er war involviert», sagte Mira leise. Weber nickte. «Nicht nur involviert. Er war der Kopf der Operation. Hatte das System perfektioniert - militärische Präzision, kombiniert mit krimineller Energie.» Er starrte in sein Glas. «Als ich drohte, ihn zu melden, wurde er… anders. Ich erkannte meinen Freund nicht wieder.»

Seine Hand zitterte leicht, als er den Rest des Whiskeys trank.

«Was ist passiert?», fragte Zain, obwohl er die Antwort fürchtete.

«Eines Nachts, als ich von einer Mission zurückkam… » Weber schloss kurz die Augen. «Mein Haus stand in Flammen. Meine Frau… meine kleine Sophie… sie hatten keine Chance.»

Die Stille in der Bar wurde erdrückend. Sara schluchzte leise.

«Die offizielle Untersuchung ergab einen elektrischen Defekt.» Webers Stimme war jetzt hart. «Reichert hatte ein Alibi. Perfekt konstruiert, natürlich. Zwei Wochen später war er verschwunden, mit ihm mehrere Millionen aus verschiedenen Operationen.»

«Und jetzt macht er weiter», sagte Kemal. «Mit derselben Masche.»

«Nur größer. Professioneller.» Weber stand auf und trat ans Fenster.

Jay lehnte sich vor.

«Sir, wenn wir das beweisen können…»

«Können wir.» Weber drehte sich um.

«Mit Ihrer Hilfe.» Sein Blick glitt über die versammelten Geschäftsleute. «Sie sind das, was er nicht einkalkuliert hat. Menschen, die sich wehren. Die zusammenhalten.»

«Wie lautet Ihr Plan?», fragte Zain.

Ein schmales Lächeln erschien auf Webers Gesicht.

«Wir geben ihm, was er will.

Scheinbar.»

«Den USB-Stick?», fragte Mira.

«Und mehr.» Weber nickte ihr zu. «Sie werden zu ihm gehen. Werden vorgeben, die anderen verraten zu wollen. Nach dem Brand Ihrer Weinhandlung ist das glaubwürdig.»

«Eine Falle», murmelte Jay anerkennend.

«Genau.» Weber trat in die Mitte des Raums. «Er denkt, er kennt alle Spielzüge, weil er sie selbst entwickelt hat. Aber er hat eines nicht bedacht - ich habe zwanzig Jahre lang nichts anderes getan, als ihn zu studieren. Ich kenne jeden seiner Schritte.»

«Und wenn es schiefgeht?», fragte Kemal.

«Dann… » Weber sah jeden Einzelnen an. «Dann sorge ich dafür, dass Sie alle in Sicherheit sind. Das bin ich Sophie schuldig.»

Zain spürte Jays Hand auf seinem Rücken, warm und beruhigend.

«Wir machen mit», sagte er fest. «Alle von uns. Richtig?»

Einer nach dem anderen nickten sie.

«Gut.» Weber zog sein Handy hervor. «Dann lasst uns anfangen. Wir haben nicht viel Zeit.»

Als die anderen sich um Weber sammelten, um die Details zu besprechen, drehte sich Jay zu Zain.

«Das wird gefährlich», sagte er leise.

«Ich weiß.» Zain lehnte sich an ihn. «Aber zum ersten Mal habe ich das Gefühl, dass wir eine Chance haben.»

Draußen fuhr der schwarze Van vorbei, eine stumme Erinnerung an die Bedrohung.

Aber hier drinnen, in der warmen Atmosphäre der Bar, mit Jay an seiner Seite und einem Plan in der Tasche, fühlte Zain zum ersten Mal seit Tagen so etwas wie Hoffnung.

«Noch einmal», sagte Jay und breitete den Lageplan auf der Bar aus. «Mira, Sie gehen um zwanzig Uhr zu Reicherts

Büro.»

Mira nickte, ihre Hände zitterten nur noch leicht. Die letzten Stunden hatten sie alle damit verbracht, jeden Schritt durchzugehen.

«Der gefälschte USB-Stick enthält nur einen Teil der echten Beweise», fuhr Jay fort. «Genug, um glaubwürdig zu sein, aber nicht alles. Sie erzählen ihm, dass die anderen den Rest als Versicherung behalten.»

«Das wird ihn gierig machen», sagte Weber. «Er wird mehr wollen.»

«Genau darauf setzen wir.» Zain beugte sich über den Plan. «Er wird ein Treffen vorschlagen. Mit allen.»

«Und dann schlagen wir zu», schloss Marco.

Er und zwei weitere Teammitglieder waren inzwischen eingeweiht.

Zain beobachtete, wie Jay die letzten Details mit seinem Team besprach. Die konzentrierte Art, wie er Anweisungen gab, die natürliche Autorität in seiner

Haltung - es war eine andere Seite von ihm, faszinierend und irgendwie sexy.

«Erde an Zain», murmelte Sara neben ihm. «Hör auf zu sabbern und konzentrier dich.»

Er wollte gerade protestieren, als ein Geräusch von der Hintertür sie alle erstarren ließ.

Jay hatte seine Waffe bereits gezogen, Marco flankierte die Tür.

«Drei Personen», formte Weber lautlos mit den Lippen.

Die Tür flog auf.

Alles passierte gleichzeitig.

Marco wurde zur Seite gestoßen, zwei Männer stürmten herein. Jay schoss - ein Warnschuss über ihre Köpfe.

«Runter!», brüllte er.

Zain duckte sich hinter die Bar, zog Sara mit sich. Gläser zerbarsten über ihnen.

Ein Kampf brach aus. Jay gegen einen der Eindringlinge, Marco gegen den anderen. Weber dirigierte die Zivilisten in Deckung.

«Reichert weiß Bescheid!», rief einer der Männer. «Er lässt ausrichten-»

Der Rest ging in einem Schmerzensschrei unter, als Jay ihn zu Boden rang.

Zain spähte über die Bar. Jay hatte die Situation unter Kontrolle, aber sein T-Shirt war zerrissen, Blut sickerte aus einer Platzwunde an seiner Stirn.

Ohne nachzudenken, sprang Zain auf, wollte zu ihm. In diesem Moment tauchte der dritte Mann auf - direkt hinter Jay.

«Pass auf!», schrie Zain.

Jay wirbelte herum, zu spät. Der Mann holte aus…

Zain reagierte instinktiv.

Die schwere Whiskeyflasche in seiner Hand traf den Angreifer am Kopf. Er ging zu Boden wie ein nasser Sack. Stille.

«Scheiße», sagte Marco anerkennend.

Jay war sofort bei Zain. «Bist du okay?»

«Ich? Du blutest!»

«Nur ein Kratzer.» Jay zog ihn an sich, ignorierte die anderen um sie herum.

«Das war dumm. Mutig, aber dumm.»

«Hab ich von dir gelernt», murmelte Zain gegen seine Schulter.

Weber unterbrach sie, während Marco und sein Team die Eindringlinge fesselten.

«Sie leben noch. Gut. Die können uns vielleicht ein paar Fragen beantworten.»

Einer der Männer lachte schwach.

«Ihr seid tot. Alle. Reichert… er weiß von eurem Plan. Von allem.»

Jay fluchte leise.

«Wir müssen den Plan ändern. Sofort.»

«Nein.»

Alle drehten sich zu Mira um. Sie stand zitternd da, aber ihre Stimme war fest.

«Wir ziehen es durch. Er soll denken, er hätte gewonnen.»

«Zu riskant», sagte Weber.

«Nein, sie hat Recht.» Zain trat vor, Jays

Hand noch immer in seiner. «Reichert ist arrogant. Wenn er denkt, er hätte uns durchschaut, wird er unvorsichtig.»

Eine intensive Diskussion entbrannte. Am Ende stand ein neuer Plan - riskanter als der erste, aber vielleicht ihre einzige Chance.

«Das könnte uns alle das Leben kosten», warnte Weber.

Zain sah zu Jay, der seine Hand drückte, dann nickte er Weber zu.

«Okay.» Weber nickte grimmig zurück. «Dann lasst es uns tun.»

Die gefesselten Männer wurden abtransportiert, die Spuren des Kampfes beseitigt. Als wieder Ruhe einkehrte, zog Jay Zain zur Seite.

«Komm mit», sagte er leise. «Wir müssen reden.»

Sie gingen nach oben in Zains kleine Wohnung über der Bar. Kaum war die Tür zu, hatte Jay ihn gegen die Wand gedrängt, küsste ihn hart und verzweifelt.

«Nie wieder», murmelte er zwischen Küssen. «Bring dich nie wieder so in Gefahr.»

«Kann ich nicht versprechen», keuchte Zain. «Nicht solange du auch in Gefahr bist.»

Jay löste sich von ihm, lehnte seine Stirn gegen Zains.

«Was mache ich nur mit dir?»

Die Nacht war über Berlin hereingebrochen, als Jay und Zain in Jays Hotelzimmer ankamen. Weber hatte darauf bestanden, dass sie sich aufteilen sollten - schwerer zu überwachen, schwerer anzugreifen.

«Seltsam», sagte Zain und ließ sich aufs Bett fallen. «Vor drei Tagen saß ich hier und hatte Angst, dich zu küssen. Jetzt habe ich Angst vor ganz anderen Dingen.»

Jay trat ans Fenster, kontrollierte zum dritten Mal die Straße. Seine Silhouette zeichnete sich scharf gegen das

Neonlicht der Stadt ab.

«Bereust du es?», fragte er, ohne sich umzudrehen.

«Was genau? Dich zu küssen? Oder Reichert die Stirn zu bieten?»

«Beides. Alles.» Jay drehte sich um. Die Platzwunde an seiner Stirn hatte aufgehört zu bluten, würde aber eine Narbe hinterlassen. «Dein Leben war viel einfacher vor mir.»

Zain stand auf, trat zu ihm.

«Einfacher ja. Aber nicht besser.»

Er strich sanft über die Wunde an Jays Stirn. Jay fing seine Hand ein, küsste seine Handfläche.

«Wenn das hier vorbei ist… », begann Jay.

«Falls wir überleben, meinst du?»

«Wenn.» Jay betonte das Wort. «Wenn das hier vorbei ist, was dann?»

Zain hatte sich diese Frage auch schon gestellt. «Du gehst zurück zur Basis.»

«Ja.»

«Und ich baue mein Restaurant auf.»

«Ja.»

Sie sahen sich an, die unausgesprochene Frage zwischen ihnen hängend.

«Berlin ist nur vier Stunden von der Basis entfernt», sagte Zain schließlich.

«Mit dem Zug», ergänzte Jay. «Drei mit dem Auto.»

«Wochenenden sind eine Sache.»

«Und manchmal hab ich längeren Urlaub.»

Sie lächelten beide über diesen vorsichtigen Tanz um die Zukunft.

«Es wird nicht einfach», warnte Jay.

«Nichts Gutes ist einfach.» Zain lehnte sich an ihn. «Aber ich würde es wieder tun. Alles.»

Jay wollte etwas erwidern, als sein Handy vibrierte. Gleichzeitig piepte Zains.

Und noch einmal. Und noch einmal.

Sie zogen ihre Handys hervor. Dieselbe Nachricht, an alle geschickt.

«Zeit läuft schneller als gedacht. Zwölf

Stunden. Tick tack. »

Darunter ein Foto: Miras ausgebrannte Weinhandlung. Darüber sprühte jemand in roter Farbe: «Wer ist der Nächste?»

«Er will uns nervös machen», sagte Jay, aber seine Stimme klang angespannt. «Es funktioniert.»

Sie standen da, in der relativen Sicherheit des Hotelzimmers, während draußen die Stadt sich drehte, ahnungslos gegenüber dem Drama, das sich in ihren Straßen abspielte.

«Komm her», sagte Jay plötzlich und zog Zain zum Bett. «Wir sollten schlafen. Die nächsten zwölf Stunden werden hart.»

Sie legten sich hin, vollständig angezogen, bereit für alles. Jay zog Zain an sich, ein schützender Arm um seine Mitte.

«Jay?»

«Hmm?»

«Ich liebe dich auch. Falls… falls wir

keine Chance mehr haben, das zu sagen.»

Jay drückte ihn fester an sich.

«Wir werden eine Chance haben. Morgen. Und übermorgen. Und an jedem verdammten Tag danach.»

Zain lächelte in die Dunkelheit.

«Ist das ein Versprechen?»

«Ja.» Jay küsste seinen Nacken. «Und ich halte meine Versprechen.»

Sie schliefen ein, eng umschlungen, während Reicherts Nachricht auf ihren Handys leuchtete und der Countdown weiterlief.

Zwölf Stunden bis zur Konfrontation.

Zwölf Stunden, die über alles entscheiden würden.

Der Morgen würde kommen, ob sie bereit waren oder nicht.

Zwölf Stunden

Die Morgendämmerung kroch gerade
erst über die Dächer Berlins, als sich die
Gruppe im Phoenix versammelte. Sara
verteilte Kaffee mit zitternden Händen -
niemand hatte in dieser Nacht viel
geschlafen.

«Elf Stunden und siebenunddreißig
Minuten», sagte Mira und starrte auf
ihr Handy. Ihre Augen waren gerötet,
die Finger verkrampft um die
Kaffeetasse. «Was, wenn ich das nicht
kann?»

«Sie können», sagte Weber fest.

Er stand am Fenster, die Haltung
militärisch gerade, aber Zain bemerkte
die Erschöpfung in seinen Augen. «Sie
müssen nur lange genug durchhalten,
bis… »

Sein Handy klingelte.

Das Gespräch war kurz, aber Webers
Gesicht verdunkelte sich mit jedem

Wort.

«Schlechte Nachrichten?», fragte Jay. Er lehnte an der Bar neben Zain, ihre Schultern berührten sich leicht. Diese kleine Verbindung war im Moment Zains einziger Anker.

«Reichert hat seine Kontakte aktiviert.» Weber steckte das Handy weg. «Drei Streifenwagen patrouillieren ‚zufällig‘ in der Gegend. Offizielle Begründung: erhöhte Einbruchsgefahr.»

«Er will uns einschüchtern», sagte Kemal. «Uns zeigen, wie viel Macht er hat.»

«Nicht nur das.» Jay richtete sich auf. «Er will uns auch überwachen. Die Streifen werden jede verdächtige Bewegung melden.»

Marco, der gerade hereinkam, nickte grimmig.

«Zwei Mann pro Wagen. Professionelle Überwachungsausrüstung. Die spielen nicht.»

Zain spürte, wie sich die Anspannung

im Raum verdichtete. Mira begann leise
zu weinen.

«Ich kann das nicht», schluchzte sie.
«Er wird es merken. Er wird wissen,
dass ich lüge, und dann… »

«Hey.» Sara war sofort bei ihr, legte
einen Arm um ihre Schultern. «Du
schaffst das. Wir alle schaffen das.»
Aber Zain sah die Zweifel in den
Gesichtern der anderen. Der Plan hing
davon ab, dass Mira überzeugend
spielte. Wenn sie zusammenbrach…

«Vielleicht sollten wir… » begann
Kemal.

«Nein.» Jays Stimme schnitt durch den
Raum. «Wir ändern nichts. Je mehr wir
improvisieren, desto größer die
Fehlerquote.»

Weber nickte.

«Jespersen hat Recht. Wir bleiben beim
Plan. Frau Keller?» Er wartete, bis Mira
aufsah. «Denken Sie an Ihre
Weinhandlung. An alles, was Sie
aufgebaut haben. Nutzen Sie die Wut,

die Angst. Machen Sie sie zu Ihrer Waffe.»

Mira wischte sich über die Augen und nickte langsam.

«Gut.» Weber wandte sich an die anderen. «Die nächsten Stunden sind kritisch. Keiner verlässt die Bar ohne Begleitung. Handys bleiben hier - Reichert könnte sie orten.»

«Sir?» Marco deutete auf seinen Bildschirm. «Die Streifen haben ihre zweite Runde begonnen. Sie fahren engere Kreise.»

Weber fluchte leise. «Sie suchen nach unseren Leuten. Jespersen, ändern Sie die Positionen. Nutzen Sie die Dächer. Ich versuche, das Hauptquartier noch einmal zu erreichen. Kann doch nicht sein, dass sie nicht eingreifen wollen, wenn die Polizei uns auf der Nase rumtanzt.»

Jay drückte kurz Zains Hand und ging dann mit Marco nach draußen. Die anderen begannen, die Bar für den

normalen Tagesbetrieb vorzubereiten -
sie mussten den Anschein von
Normalität wahren.

Zain blieb allein an der Bar zurück,
beobachtete, wie seine Welt sich in ein
Schlachtfeld verwandelte. Irgendwo da
draußen saß Reichert und zog die
Fäden, spielte mit ihnen allen wie mit
Marionetten.

«Keine Angst», sagte Weber plötzlich
neben ihm. «Jay weiß, was er tut.»

«Das ist es nicht.» Zain rieb sich über
die Augen. «Was ist, wenn wir alles nur
schlimmer machen? Wenn am Ende… »

«Wenn am Ende was? Reichert
gewinnt? Das tut er sowieso, wenn wir
nichts unternehmen.» Weber legte eine
Hand auf Zains Schulter. «Manchmal
muss man kämpfen. Auch wenn die
Chancen schlecht stehen.»

Draußen heulte eine Polizeisirene auf.
Mira zuckte zusammen, aber ihre
Augen waren jetzt hart, entschlossen.

Elf Stunden und drei Minuten.

Der Countdown lief.

Jay bewegte sich vorsichtig über das Dach des Nachbargebäudes, während er die Wanzen installierte. Die Technik war hochmodern - klein genug, um praktisch unsichtbar zu sein, stark genug, um jedes Gespräch in der Straße aufzuzeichnen.

«Noch einen Meter nach links», kam Marcos Stimme über das Headset. «Perfekte Position für den Eingang von Reicherts Büro.»

Die Sonne stand jetzt höher, machte die Arbeit riskanter. Jeder auf der Straße könnte nach oben sehen und…

«Streifenwagen nähert sich», warnte Marco. «Duck dich.»

Jay presste sich flach aufs Dach, das raue Material kratzte durch sein T-Shirt. Unten fuhr langsam der Polizeiwagen vorbei.

«Sie haben Richtmikrofone», murmelte er, als das Auto außer Sicht war. «Professionelles Zeug. Das sind keine normalen Streifen.»

«Ehemalige Militärs», bestätigte Weber über Funk. «Ich hab die Dienstpläne überprüft. Reichert hat seine Leute strategisch in verschiedene Einheiten eingeschleust. Im Hauptquartier sind sie der Meinung, Reichert müsse erst überführt werden, bevor auch bei der Polizei aufgeräumt wird.»

Jay fluchte leise.

Das erklärte einiges - die präzise Überwachung, die koordinierten Bewegungen. Sie hatten es mit Profis zu tun.

Als er zurück zur Bar kam, fand er Zain in ein intensives Gespräch mit Weber vertieft.

Etwas in Zains Gesichtsausdruck ließ ihn innehalten.

«Es war nicht nur die Brandstiftung, oder?», fragte Zain gerade. «Zwischen Ihnen und Reichert. Da war mehr.»

Weber starrte in seine Kaffeetasse.

«Sophie… meine Tochter. Sie war sein

Patenkind. Hat ihn vergöttert.» Er lachte bitter. «An dem Abend des Feuers… sie hatte ihn angerufen, wollte, dass er zum Essen kommt. Er sagte ab. Wusste, was passieren würde.»

«Jesus», murmelte Jay.

Beide Männer drehten sich zu ihm um.

«Ah, Jespersen.» Weber straffte sich. «Wie sieht's aus?»

«Wanzen sind platziert. Aber… » Jay zögerte. «Es ist schlimmer als gedacht. Die haben die ganze Straße unter Kontrolle. Professionelle Überwachung, koordinierte Bewegungen. Als würden sie einen militärischen Einsatz durchführen.»

«Das tun sie auch», sagte Weber grimmig. «Viktor führt Krieg. Gegen mich. Gegen uns alle.»

«Aber warum?» Zain lehnte sich vor.

«Das hier ist mehr als nur Geschäft. Es ist… persönlich.»

Weber schwieg lange.

«Vor zwanzig Jahren», sagte er schließlich, «hatte ich die Chance, ihn zu erschießen. Es wäre als Notwehr durchgegangen. Aber ich… ich konnte nicht. Er war mein Freund, Sophies Pate.» Seine Stimme wurde hart. «Dieser Fehler kostete meine Familie das Leben.»

«Und jetzt?», fragte Jay leise.

«Jetzt will er beweisen, dass er Recht hatte. Dass jeder einen Preis hat, dass Loyalität nichts bedeutet.» Weber sah Zain an. «Als Sie sich weigerten zu verkaufen, wurden Sie zu einer persönlichen Herausforderung. Sie erinnern ihn an mich - den Mann, der nein sagte.»

Jays Hand fand automatisch Zains Schulter, drückte sie leicht.

«Sir», Marcos Stimme kam über das Headset, «wir haben Bewegung. Einer von Reicherts Männern verlässt das Büro. Kommt in unsere Richtung.»

Sie sahen durch das Fenster, wie ein

Mann in teurem Anzug die Straße überquerte. Zielstrebig. Direkt auf das Phoenix zu.

«Showtime», murmelte Weber.

Die Tür öffnete sich. Der Mann - groß, grau, gesichtslos wie ein Bürokrat - trat ein.

«Herr Malik?» Seine Stimme war so farblos wie seine Erscheinung. «Herr Reichert möchte Sie sprechen. Allein. Jetzt sofort.»

Die Temperatur im Raum schien zu fallen. Jay spürte, wie sich seine Finger um Zains Schulter verkrampften.

«Das war nicht die Abmachung», sagte Weber scharf.

Der Mann lächelte dünn.

«Die Abmachung hat sich geändert. Herr Malik? Ihre Entscheidung.»

Zain stand auf.

«Ich gehe.»

«Nein.» Jay trat vor. «Das ist zu riskant.»

Aber in Zains Augen sah er bereits die

Entscheidung. Den gleichen Ausdruck, den er damals in der Bar gesehen hatte, als Zain sich weigerte aufzugeben.

Der Countdown zeigte zehn Stunden und siebzehn Minuten.

Zeit für einen neuen Plan.

«Du kannst nicht einfach da rein spazieren», zischte Jay, nachdem sie sich in den kleinen Büroraum der Bar zurückgezogen hatten. Reicherts Mann wartete draußen, seine bloße Anwesenheit war wie ein Countdown.

«Doch, kann ich.» Zain packte seine Tasche aus, holte den gefälschten USB-Stick hervor. «Das ist unsere Chance. Er fühlt sich überlegen, denkt, er hätte die Kontrolle… »

«Er HAT die Kontrolle!» Jay fuhr sich frustriert durchs Haar. «Das ist eine Falle, und du läufst mit offenen Augen rein.»

«Vielleicht. Aber manchmal muss man die Falle, zuschnappen lassen, um Erfolg zu haben.»

«Das ist Wahnsinn.» Jay packte Zains Arm. «Hör mir zu. Dieser Mann… du weißt, wozu er fähig ist. Webers Familie… »

«Ich weiß.» Zain legte seine Hand über Jays. «Aber genau deswegen muss es enden. Hier und jetzt.»

Sie starrten sich an, beide unwillig nachzugeben. Durch die geschlossene Tür hörten sie das gedämpfte Gemurmel der anderen, die nervöse Spannung fast greifbar.

«Wenn du da rein gehst», sagte Jay schließlich, seine Stimme rau, «kann ich dich nicht beschützen.»

«Das musst du auch nicht.» Zain trat näher, bis sie sich fast berührten. «Jay, verstehst du nicht? Das ist der Grund, warum ich mein Restaurant nicht verkauft habe. Warum ich nicht aufgegeben habe. Manchmal muss man für das kämpfen, was einem wichtig ist.»

«Auch wenn es dein Leben kostet?»

«Besonders dann.»

Jay schloss die Augen, lehnte seine Stirn gegen Zains.

«Du bist so verdammt stur.»

«Auch das habe ich von dir gelernt.» Ein schwaches Lächeln huschte über Jays Gesicht. «Das ist nicht fair.»

«Nichts hiervon ist fair.» Zain küsste ihn sanft. «Aber ich habe einen Plan.»

«Natürlich hast du das.» Jay seufzte. «Lass mich raten – einen wahnsinnigen, gefährlichen Plan?»

«Den besten Plan.» Zain grinste plötzlich. «Immerhin bin ich mit einem Elitesoldaten zusammen. Da lernt man so einiges über Taktik.»

«Zain… »

«Vertrau mir.»

Diese zwei Worte, so simpel und doch so bedeutungsschwer.

Jay öffnete die Augen wieder, studierte Zains Gesicht.

«Weber wird das nie zulassen.»

«Weber weiß, dass wir keine andere

Wahl haben.» Zain trat zurück, wurde
ernst. «Reichert erwartet, dass ich
nachgebe. Dass ich, wie alle anderen,
einen Preis habe. Aber was er nicht
versteht… » Er holte tief Luft. «Was er
nie verstanden hat, ist, dass es Dinge
gibt, die wichtiger sind als Geld oder
Sicherheit.»

«Wie die Liebe?», fragte Jay leise.

«Wie die Liebe.» Zain lächelte. «Wie ein
sturer Soldat, der sein Leben riskiert,
um einen verrückten Barbesitzer zu
beschützen. Wie eine Gruppe von
Menschen, die zusammenhält, obwohl
alles dagegen spricht.»

Jay starrte ihn lange an. Dann, mit einer
flüssigen Bewegung, zog er seine
Ersatzwaffe aus dem Knöchelholster.

«Wenn du schon in die Höhle des
Löwen gehst», sagte er und drückte sie
Zain in die Hand, «dann wenigstens
bewaffnet.»

«Du weißt, dass ich damit nicht
umgehen kann.»

«Doch, kannst du. Ich hab gesehen, wie du diese Whiskeyflasche geworfen hast.» Jay grinste schwach. «Gleiches Prinzip, nur lauter.»

Die Tür öffnete sich. Weber stand dort, sein Gesicht ernst.

«Zeit», sagte er nur.

Zain nickte, steckte die Waffe ein. An der Tür drehte er sich noch einmal um.

«Jay?»

«Ja?»

«Wenn das hier vorbei ist… reden wir über unsere Zukunft. Gemeinsam.»

«Deal.» Jay schluckte schwer. «Aber dafür musst du lebend zurückkommen.»

«Versprochen.»

Dann war er weg, folgte Reicherts Mann in die Morgensonne hinaus. Jay sah ihm nach, sein Herz schwer wie Blei.

«Er schafft das», sagte Weber leise neben ihm.

«Ich weiß», sagte Jay. «Das macht es

nicht leichter.»

Der Countdown zeigte neun Stunden und vierundvierzig Minuten.

Eine halbe Stunde war vergangen. Jay stand am Fenster der Bar, die Augen auf das Gebäude gegenüber gerichtet, wo irgendwo hinter getönten Scheiben Zain Reichert gegenübersaß.

«Lebenszeichen sind stabil», meldete Marco über Funk. Der winzige Sender in Zains Uhr übermittelte kontinuierlich seine Herzfrequenz. «Leicht erhöht, aber nichts Besorgniserregendes.»

Jay nickte stumm. Die Waffe an seinem Gürtel fühlte sich schwerer an als sonst. Eine Waffe, die er nicht benutzen konnte, nicht ohne Zain zu gefährden.

«Sie haben die Sender noch nicht gefunden», sagte Weber, der neben ihn getreten war. «Das ist ein gutes Zeichen.»

«Oder sie wissen davon und spielen mit uns.»

Weber schwieg einen Moment.

«Sie lieben ihn wirklich, oder?»

Die direkte Frage überraschte Jay.

«Ja», sagte er schließlich. «Auch wenn das alles noch komplizierter macht.»

«Im Gegenteil.» Weber lächelte dünn. «Es macht alles klarer. Wissen Sie, warum ich damals versagt habe? Weil ich zu lange gezögert habe. Zu lange zwischen Pflicht und Gefühl schwankte.»

«Und jetzt?»

«Jetzt sehe ich einen Mann, der beides vereint.» Weber deutete auf das Gebäude. «Zain geht da nicht nur aus taktischen Gründen rein. Er geht rein, weil er an etwas glaubt. An Sie. An uns alle.»

Jays Handy vibrierte.

Eine Nachricht von einer unbekannten Nummer: «Er ist beeindruckend, Ihr junger Mann. Fast so stur wie Sie damals, Weber.»

Jays Finger verkrampften sich um das

Telefon. «Er spielt mit uns.»

«Nein.» Weber las die Nachricht und lächelte plötzlich. «Er macht Fehler. Lässt sich provozieren. Das ist gut.»

Eine neue Nachricht erschien:

«Sollen wir wetten, wie lange er durchhält?.»

Dann, Sekunden später:

«Oder wollen Sie lieber selbst vorbeikommen, Jespersen? Ein Mann-zu-Mann- Gespräch?»

«Das ist es.» Weber packte Jays Arm. «Das ist Zains Plan. Er provoziert Reichert, macht ihn wütend, bringt ihn dazu, Fehler zu machen.»

Als hätte er die Worte gehört, sprang Zains Puls plötzlich in die Höhe.

«Verdammt», fluchte Marco. «Was auch immer da drin passiert… »

Die Tür der Bar flog auf. Sara stürzte herein, bleich im Gesicht.

«Polizei», keuchte sie. «Überall. Sie räumen die Straße!»

Weber riss sein Fernglas hoch.

«Reichert macht Ernst. Er isoliert das
Gebäude.»

«Dann müssen wir rein», sagte Jay und
griff nach seiner Waffe. «Jetzt.»

«Warten Sie.» Weber legte eine Hand
auf seinen Arm. «Sehen Sie.»

Durch die getönten Scheiben war eine
Bewegung zu erkennen.

Zwei Gestalten, die aufstanden. Eine
davon war Zain.

Jays Handy vibrierte ein letztes Mal:
«Letzte Chance, Jespersen. Kommen Sie
rüber. Ihr Freund hat eine…
interessante Entscheidung getroffen.»

Jay sah zu Weber. Der alte Soldat
nickte.

«Gehen Sie», sagte er. «Aber nicht
durch die Vordertür. Marco?»

«Dach ist sicher. Ich bring Sie rüber.»

Jay checkte seine Waffe, dann den
kleinen Sender, der Zains Herzschlag
übermittelte. Noch immer erhöht, aber
gleichmäßig.

«Das könnte eine Falle sein», warnte

Weber.

«Ist es auch.» Jay ging zur Tür.

Er hörte noch, wie Weber leise lachte.

«Sie sind wirklich füreinander
geschaffen.»

Draußen heulten Polizeisirenen.

Der Countdown zeigte acht Stunden
und fünfzehn Minuten.

Zeit, sich Reichert in seinem Revier zu
stellen.

Konfrontation

Viktor Reicherts Büro nahm die gesamte oberste Etage des Gebäudes ein. Bodentiefe Fenster boten einen spektakulären Blick über Berlin, teures Leder und dunkles Holz dominierten die Einrichtung. Eine perfekt komponierte Kulisse für einen Mann, der Macht liebte.

Zain saß in einem der schweren Ledersessel vor Reicherts massivem Schreibtisch. Seine Haltung war entspannt, fast lässig, aber Jay erkannte die kaum merkliche Anspannung in seinen Schultern.

«Ah, Herr Jespersen.» Reichert erhob sich, ein Lächeln auf seinem aristokratischen Gesicht. «Wie schön, dass Sie meiner Einladung folgen. Bitte, setzen Sie sich.»

Jay blieb stehen. Seine Augen scannten automatisch den Raum - zwei bewaffnete Männer an der Tür, einer am Fenster.

Reichert selbst trug seine Waffe unter dem maßgeschneiderten Jackett auf der rechten Seite.

«Sie haben ein Auge fürs Detail», bemerkte Reichert anerkennend. «Aber das war ja schon immer Ihre Stärke, nicht wahr? Bad Reichenhall. Ein brillanter Einsatz.»

Jay versteifte sich.

Diese Information war klassifiziert.

«Oh, ich weiß eine Menge über Sie.» Reichert setzte sich wieder, faltete die Hände auf dem Schreibtisch. «Kjell Jespersen. Geboren in Kopenhagen, aufgewachsen in Hamburg. Beste Noten bei der Ausbildung. Spezialisiert auf verdeckte Operationen und Nahkampf. Und… » Sein Lächeln wurde breiter. «Bis vor kurzem ein Musterbeispiel an Professionalität.»

«Was wollen Sie?», fragte Jay ruhig.

«Die Frage ist eher - was wollen Sie?»

Reichert lehnte sich zurück. «Ein vielversprechender Soldat wie Sie, der plötzlich alles riskiert. Für was?» Er warf einen bedeutungsvollen Blick zu Zain. «Oder sollte ich fragen - für wen?»

«Lassen Sie die Spielchen», sagte Zain scharf. Seine Stimme klang fester, als Jay erwartet hatte. «Sie wissen genau, warum wir hier sind.»

«Ah ja. Der USB-Stick.» Reichert nahm das kleine Gerät vom Schreibtisch. «Faszinierend, was Sie alles gesammelt haben. Sehr… gründlich.» Er drehte den Stick in seinen Fingern. «Fast so gründlich wie Webers Ermittlungen damals.»

«Sie waren sein Freund», sagte Jay.

«Sein bester Freund.»

«Ich war vieles.» Reicherts Augen wurden hart. «Aber vor allem war ich Soldat. Wie Sie. Ich habe gelernt, dass Loyalität ein zweischneidiges Schwert ist.»

Er stand auf, trat ans Fenster. «Wissen Sie, was der Unterschied zwischen Ihnen und mir ist, Jespersen? Ich habe verstanden, dass man sich entscheiden muss. Entweder man folgt seinem Herzen… » Er deutete auf Zain. «Oder man folgt der Macht.»

«Und Sie haben sich für die Macht entschieden», sagte Zain verächtlich.

«Nein, junger Mann.» Reichert drehte sich um, sein Lächeln jetzt kalt. «Ich habe verstanden, dass Macht das Einzige ist, was zählt. Alles andere - Liebe, Loyalität, Freundschaft - das sind Schwächen. Hebel, ab denen man ansetzen kann.»

Jay spürte, wie sich sein Magen verkrampfte. Reichert sprach nicht mehr von Geschäften oder Immobilien. Das hier war persönlich.

«Sie haben Ihre Familie verloren, oder?», fragte Zain plötzlich. «Bevor Sie zum Militär gingen. Deswegen glauben Sie das.»

Zum ersten Mal flackerte Reicherts Maske. Für einen kurzen Moment sah Jay etwas in seinen Augen - Schmerz? Wut? - dann war es wieder verschwunden.

«Interessante Theorie», sagte Reichert glatt. «Aber wir sind nicht hier, um über mich zu reden. Wir sind hier… » Er drückte einen Knopf auf seinem Schreibtisch. «…um eine Vorstellung zu geben.»

Die Tür öffnete sich. Webers Stimme drang herein: «Lass den Unsinn, Viktor. Es ist vorbei.»

Jay und Zain tauschten einen Blick. Das Spiel begann.

«Thomas.» Reichert breitete die Arme aus, als würde er einen alten Freund begrüßen. «Wie passend. Die ganze Familie ist zusammen.»

Weber blieb im Türrahmen stehen, seine Haltung angespannt wie eine Feder kurz vor dem Sprung. «Lass die Theatralik, Viktor. Du weißt, warum ich hier bin.»

«Um alte Zeiten aufleben zu lassen?» Reichert griff nach einer kristallenen Karaffe. «Whiskey? Der gleiche, den wir damals… »

«An Sophies viertem Geburtstag getrunken haben?» Webers Stimme war wie Eis. «Bevor du sie umgebracht hast?»

Die Stille im Raum wurde greifbar. Jay sah, wie Zains Hand sich um die Armlehne seines Sessels verkrampfte.

Reicherts Handy summte. Er las die Nachricht, ein feines Lächeln umspielte seine Lippen.

«Ah. Ihre kleinen Freunde im Phoenix werden langsam nervös. Die Polizei hat das Gebäude umstellt.»

«Ihre Polizei», korrigierte Jay scharf.

«Details.» Reichert winkte ab. «Wichtig ist nur: Sie sind hier, Ihre Freunde sind dort. Ziemlich… exponiert, würde ich sagen.»

Weber trat einen Schritt vor. Sofort

hoben die Wachen ihre Waffen.

«Was willst du, Viktor?»

«Was ich will?» Reichert stellte sein Glas ab, jede Bewegung präzise kontrolliert. «Ich will, dass du siehst, wie alles zerfällt. Wie deine kleine Rebellion zusammenbricht. Wie deine… » Er warf einen bedeutungsvollen Blick zu Jay und Zain. «…Schützlinge lernen, dass es Dinge gibt, die stärker sind als Liebe.»

«Sie sind wahnsinnig», sagte Zain leise.

«Wahnsinn? Nein, junger Mann. Das ist Klarheit.» Reichert lehnte sich vor. «Wissen Sie, warum ich Sie beide hierher eingeladen habe? Weil Sie mich an etwas erinnern. An eine Zeit, als ich auch noch an solche Märchen glaubte. An Loyalität. An Liebe.» Er lachte kurz. «Thomas hier hat mir beigebracht, wie gefährlich solche Illusionen sind.»

«Ich habe dir vertraut», sagte Weber. «Du warst Sophies Pate.»

«Und das war dein Fehler.» Reicherts

Stimme wurde hart. «Du hast Gefühle über Pflicht gestellt. Hast gezögert, als du hättest handeln müssen. Und jetzt?» Er deutete aus dem Fenster. «Jetzt machst du den gleichen Fehler wieder. Lässt zu, dass andere sich in Gefahr begeben. Für was? Ein paar heruntergekommene Läden?»

Sein Handy summte erneut. Das Lächeln kehrte zurück.

«Die ersten Brandsätze wurden gerade am Phoenix gesichtet. Tut mir leid - solche Dinge passieren in dieser Gegend. Die Kriminalitätsrate ist erschreckend hoch.»

Jay machte einen Schritt nach vorn, aber Zain war schneller.

«Das werden Sie nicht tun», sagte er ruhig. Zu ruhig.

«Nein?» Reichert hob eine Augenbraue. «Und wer will mich aufhalten? Sie? Der verliebte Soldat? Oder Thomas, der Mann, der nicht einmal seine eigene Familie beschützen konnte?»

«Sie haben einen Fehler gemacht»,
sagte Zain und stand langsam auf.
«Den gleichen wie vor zwanzig
Jahren.»
«Und der wäre?»
«Sie unterschätzen, wozu Menschen
fähig sind, wenn sie etwas zu verlieren
haben.»
Kaum hatte Zain diese Worte
ausgesprochen, geschah alles
gleichzeitig.
Die Fensterscheiben zerbarsten unter
gezielten Schüssen von außen. Marcos
Team hatte Position bezogen. Die
Wachleute wirbelten herum, für einen
Moment abgelenkt.
Jay nutzte diesen Moment.
Mit zwei schnellen Schritten war er bei
Zain, zog ihn in Deckung hinter den
massiven Schreibtisch. Weber ging
gleichzeitig in die Offensive,
entwaffnete den Mann an der Tür mit
einer präzisen Bewegung.
Nur Reichert blieb völlig ruhig.

«Beeindruckend», sagte er und zog seine eigene Waffe. «Aber leider vorhersehbar. Thomas war schon immer ein Fan von… dramatischen Auftritten.»

«Es ist vorbei, Viktor», sagte Weber, seine Stimme hart. «Deine Leute am Phoenix sind bereits verhaftet. Die echten Polizisten haben das Gebäude umstellt.»

Ein Schatten huschte über Reicherts Gesicht.

«Die echten Polizisten? Du meinst die, die ich seit Jahren bezahle?»

«Nein.» Weber lächelte dünn. «Die, die seit Monaten gegen dich ermitteln. Die nur auf einen Beweis gewartet haben. Einen Beweis, den du uns gerade geliefert hast.»

Reichert erstarrte.

Zum ersten Mal flackerte echte Unsicherheit in seinen Augen.

«Das Band läuft seit einer Stunde», fügte Zain hinzu. Seine Stimme zitterte

leicht, aber er hielt Reicherts Blick
stand. «Jedes Wort. Jede Drohung.»
«Unmöglich. Wir haben euch auf
Sender überprüft.»
«Ja.» Jay richtete sich langsam auf, die
Waffe fest auf Reichert gerichtet. «Die
offensichtlichen. Aber Sie haben einen
übersehen. Den, den Zain die ganze
Zeit an seiner Uhr trug. Ein Geschenk
von Weber.»
«Du warst so überzeugt von deiner
eigenen Genialität», sagte Weber leise.
«So sicher, dass du uns durchschaut
hättest. Genau wie damals.» Er trat
näher. «Aber diesmal habe ich aus
meinen Fehlern gelernt.»
Reichert lachte plötzlich, ein kaltes,
hartes Lachen. «Oh Thomas. Du
verstehst es immer noch nicht.» Seine
Hand mit der Waffe blieb ruhig. «Es
spielt keine Rolle, ob ihr Beweise habt.
Ich habe überall meine Leute. In einem
Jahr bin ich wieder draußen, und
dann… »

«Nein», unterbrach Weber ihn. «Nicht diesmal. Diesmal gibt es keinen Ausweg.»

Sirenen heulten in der Ferne. Reicherts Blick flackerte zum Fenster.

«Du hast Recht», sagte er nach einem Moment. «Es gibt keinen Ausweg. Nicht für mich.» Ein seltsames Lächeln erschien auf seinem Gesicht. «Aber auch nicht für euch.»

Seine Hand bewegte sich blitzschnell. Nicht zu seiner Waffe. Zu einem kleinen Gerät an seinem Gürtel.

«RUNTER!», brüllte Weber.

Jay warf sich über Zain, als der erste Schuss fiel.

Der Schuss hallte von den Wänden wider. Zain spürte Jays Gewicht auf sich, seinen beschleunigten Atem. Durch den Qualm sah er Weber, der seine Waffe noch immer auf Reichert gerichtet hielt.

Reichert stand am Fenster, Blut sickerte durch sein teures Jackett. Seine Hand umklammerte noch immer das kleine Gerät.

«Lass es fallen», befahl Weber.

«Weißt du noch», Reicherts Stimme war überraschend klar, «was du zu mir sagtest, bevor Sophie starb? ‚Es gibt Dinge, die wichtiger sind als Macht.' Ich habe lange darüber nachgedacht.»

«Viktor… »

«Zwanzig Jahre, Thomas. Zwanzig Jahre habe ich darauf gewartet, dir zu zeigen, wie falsch du lagst.» Er lächelte, während das Blut zwischen seinen Fingern hindurchsickerte. «Macht ist das Einzige, was am Ende zählt. Die Macht, zu zerstören, was anderen wichtig ist.»

Seine Finger bewegten sich zum Auslöser des Geräts.

«Das ist ein Detonator», keuchte Jay. «Das ganze Gebäude… »

«Nicht nur dieses.» Reicherts Lächeln wurde breiter. «Das Phoenix. Die Weinhandlung. All die kleinen Läden,

die ihr so verzweifelt beschützen
wolltet. Überall sind Sprengsätze. Ein
letztes… Feuerwerk.»

Zain spürte, wie Jay sich versteifte.

«Die anderen sind längst raus», sagte er
schnell. «Marco hat… »

«Sicher?» Reicherts Finger schwebte
über dem Auslöser. «Bist du dir ganz
sicher, dass sie alle rechtzeitig raus
sind? Dass nicht vielleicht doch
jemand… »

Weber schoss.

Diesmal traf er Reicherts Hand.

Das Gerät fiel zu Boden, schlitterte über
das Parkett. Blut tropfte auf den teuren
Teppich.

«Es ist vorbei», sagte Weber leise. «Lass
es endlich gut sein.»

Reichert lehnte sich gegen das
zerborstene Fenster. Der Wind zerrte an
seinem Jackett, ließ die grauen Haare
tanzen. Für einen Moment sah er aus
wie der Soldat, der er einmal gewesen
war.

«Weißt du, was der Unterschied zwischen uns ist, Thomas?» Blut lief über sein Kinn, aber er lächelte noch immer. «Du konntest nie loslassen. Deine Prinzipien. Deine Moral. Deine… » Er hustete. «Deine verdammte Menschlichkeit.»

«Nein», sagte Weber. «Der Unterschied ist: Ich habe aus meinen Fehlern gelernt. Du hast sie zu deiner Religion gemacht.»

Sirenen kamen näher. Stimmen im Treppenhaus.

«Sie werden dich nicht lebend kriegen», sagte Reichert plötzlich.

Nicht zu Weber. Zu sich selbst.

Dann, bevor jemand reagieren konnte, machte er einen Schritt rückwärts.

Durch das zerborstene Fenster. In die Leere.

«NEIN!», schrie Weber.

Zu spät.

Stille senkte sich über den Raum, nur unterbrochen vom Wind, der durch die zerborstenen Scheiben pfiff.

Jay half Zain auf die Füße, zog ihn in seine Arme. Sie standen da, hielten sich fest, während um sie herum das SEK den Raum stürmte.

Weber kniete neben dem Detonator, seine Hände zitterten leicht, als er ihn entschärfte.

«Es ist vorbei», sagte er schließlich. «Wirklich vorbei.»

Zain schmiegte sich enger an Jay. «Lass uns nach Hause gehen.»

«Nach Hause», wiederholte Jay leise und küsste Zains Schläfe. «Ja. Lass uns nach Hause gehen.»

Draußen heulten die Sirenen, Polizisten sicherten den Bereich. Das normale Leben würde zurückkehren, irgendwann.

Aber für den Moment standen sie einfach da, hielten sich fest und atmeten. Sie hatten überlebt. Sie waren zusammen.

Das war genug.

Aufräumarbeiten

«Und dann hat er das Gerät fallen lassen?», fragte der Kommissar zum dritten Mal. Der kleine Verhörraum im Polizeipräsidium roch nach kaltem Kaffee und stundenlangen Befragungen.

«Nein», sagte Zain müde. «Weber hat ihm in die Hand geschossen. Dann ist das Gerät gefallen.»

Er rieb sich über die Augen. Seit vier Stunden gab er nun schon seine Aussage. Durch das Fenster konnte er sehen, wie die Dämmerung einsetzte. Jay war in einem anderen Raum, gab seine eigene Version der Ereignisse zu Protokoll.

«Und Sie sind sicher, dass Reichert die Sprengladungen erwähnt hat? Alle Standorte?»

«Ja. Das Phoenix, Miras Weinhandlung… » Zain stockte.

«Wurden sie alle gefunden?»

Der Kommissar nickte.

«Die Spurensicherung arbeitet noch, aber die Hauptladungen sind entschärft. Professionelle Arbeit. Militärische Präzision.»

«Wie Reichert selbst», murmelte Zain.

Ein Klopfen an der Tür unterbrach sie. Weber trat ein, jetzt wieder in voller Uniform.

«Das reicht für heute», sagte er zum Kommissar. «Herr Malik hat seine Aussage gemacht. Den Rest können Sie morgen klären.»

Der Kommissar wollte protestieren, aber etwas in Webers Haltung ließ ihn verstummen.

Draußen wartete Jay, angelehnt an die Wand neben der Tür. Seine Augen fanden sofort Zains, suchten nach Verletzungen oder Zeichen von Erschöpfung.

«Alles okay?», fragte er leise.

Zain nickte.

Die simple Frage brachte ihn fast zum
Weinen. Die Anspannung der letzten
Tage, die Angst, die Erleichterung -
alles drohte plötzlich
überzuschwappen.

Jay schien es zu spüren. Ohne zu
zögern zog er Zain in seine Arme,
ignorierte die vorbeieilenden Polizisten
und Webers präsente Gestalt.

«Die anderen sind im Phoenix», sagte
Weber nach einem Moment. «Sara hat
allen Drinks ausgegeben. Auf Kosten
des Hauses.»

Zain lachte schwach gegen Jays
Schulter. «Typisch Sara.»

«Sie sollten hingehen.» Weber sah
zwischen ihnen hin und her. «Die Leute
brauchen das jetzt. Einen Moment der
Normalität.»

«Und Sie?», fragte Jay.

«Ich muss noch einige Dinge klären.
Reicherts Netzwerk… es wird Wochen
dauern, alles aufzuarbeiten.» Er holte
tief Luft. «Aber das ist nicht mehr Ihre

Sorge. Sie haben genug getan.»

Sie verließen das Präsidium gemeinsam. Draußen wartete Marcos Wagen.

«Ich fahr euch», sagte er grinsend. «Ihr seht aus, als könntet ihr einen Drink vertragen. Oder zehn.»

Die Fahrt zum Phoenix verlief schweigend. Jay hielt Zains Hand, sein Daumen strich sanft über die Knöchel. So viele unausgesprochene Worte zwischen ihnen, so viel zu verarbeiten.

Vor der Bar wartete bereits eine kleine Menge. Sara stand in der Tür, die blauen Haare wild zerzaust, Tränenspuren auf den Wangen. Als sie Zain sah, stürzte sie los, warf sich in seine Arme.

«Du verdammter Idiot», schluchzte sie. «Was hast du dir dabei gedacht?»

«Tut mir leid?»

«Das sollte es auch!» Sie boxte ihn in die Schulter, dann umarmte sie ihn wieder. «Mach sowas nie wieder, hörst du? Nie wieder!»

Die anderen kamen dazu - Mira, Kemal, all die Geschäftsinhaber, die sich geweigert hatten aufzugeben. Sie sahen müde aus, erschöpft, aber in ihren Augen lag etwas Neues. Stolz. Erleichterung. Hoffnung.

«Kommt rein», sagte Sara und wischte sich über die Augen. «Die erste Runde geht aufs Haus.»

Jay legte einen Arm um seine Taille, als sie die Bar betraten. Der vertraute Geruch nach Holz und Alkohol umfing sie, vermischte sich mit dem Stimmengewirr der Menschen, die hier Zuflucht gefunden hatten.

Sie hatten überlebt. Sie waren frei.

Der Rest… der Rest würde sich finden.

Es war weit nach Mitternacht, als sie endlich in Zains Wohnung ankamen. Die anderen feierten noch in der Bar, aber sie hatten sich stillschweigend zurückgezogen, beide erschöpft von den endlosen Fragen und dem

Adrenalinabfall.

«Dusche?», fragte Zain und zog sein zerknittertes Hemd aus.

«Später.» Jay zog ihn stattdessen zum Bett, ließ sich mit ihm darauf fallen. «Komm erstmal her.»

Sie lagen da, eng umschlungen, während durch das gekippte Fenster gedämpfte Musik und Gelächter von unten drangen. Normale Geräusche. Friedliche Geräusche.

«Woran denkst du?», fragte Jay nach einer Weile.

«An Reichert.» Zain drehte sich in Jays Armen, bis er ihn ansehen konnte. «An seinen Blick, bevor er… bevor er sprang. Als hätte er gewonnen.»

«Hat er aber nicht.»

«Nein?» Zain setzte sich auf. «Er hat Webers Familie getötet. Hat jahrelang Menschen terrorisiert. Und am Ende… am Ende ist er einfach gegangen.»

Jay schwieg einen Moment. «Weißt du, was der Unterschied ist zwischen ihm und uns?»

«Was?»

«Er ist allein gestorben. Wir… » Jay
griff nach Zains Hand. «Wir haben
einander. Die anderen. Eine Zukunft.»

«Eine Zukunft.» Zain lächelte schwach.
«Mit dir in der Basis, vier Stunden
entfernt?»

«Drei mit dem Auto», korrigierte Jay
automatisch. Dann wurde er ernst.

«Aber ja, das müssen wir besprechen.»

«Müssen wir das? Jetzt?»

«Besser als es aufzuschieben.» Jay setzte
sich ebenfalls auf. «Ich muss
übermorgen zurück. Und vorher…
vorher sollten wir wissen, wo wir
stehen.»

Zain nickte langsam.

«Okay. Also… wo stehen wir?»

«Ich liebe dich.» Jay sagte es einfach,
direkt. «Das ist der Teil, bei dem ich mir
sicher bin.»

«Aber?»

«Aber mein Leben ist kompliziert. Die

Einsätze, die Geheimhaltung… » Er
holte tief Luft. «Wenn wir das
versuchen, musst du damit leben
können.»

«Muss ich auch damit leben, dein
schmutziges kleines Geheimnis zu
sein?»

«Nein.» Jays Stimme war fest. «Ich
werde es ihnen sagen. Der Einheit.
Weber weiß es ja schon, und Marco…
nun ja.»

«Und die anderen?»

«Werden damit klarkommen müssen.»
Jay zog Zain näher. «Ich bin durch die
Hölle gegangen, um dich zu finden. Ich
werde dich nicht verstecken.»

Zain spürte, wie sich etwas in seiner
Brust löste.

Eine Spannung, von der er gar nicht
gewusst hatte, dass sie da war.

«Okay», sagte er leise. «Okay. Dann…
dann versuchen wir es? Trotz der
Entfernung? Trotz allem?»

«Ja.» Jay küsste ihn sanft. «Außerdem…

Berlin ist ein guter Ort für ein Restaurant, oder?»

Zain erstarrte. «Was meinst du?»

«Weber hat mir einen Job angeboten. Ausbilder in der Berliner Dienststelle. Weniger Einsätze, mehr...» Er lächelte. «Mehr Zeit für einen gewissen Gastronomen.»

«Jay...» Zain starrte ihn an. «Das kannst du nicht... deine Karriere...»

«Ist mir weniger wichtig als du.» Jay strich ihm eine Locke aus der Stirn. «Außerdem ist es eine Beförderung. Mehr Verantwortung, bessere Bezahlung. Und...» Er grinste. «Ein sehr attraktiver Standortvorteil.»

Zain küsste ihn. Hart, verzweifelt, voller Hoffnung.

«Ist das ein Ja?», murmelte Jay gegen seine Lippen.

«Das ist ein ,Ich liebe dich, du Idiot'», flüsterte Zain zurück.

Am nächsten Morgen füllte sich das Phoenix schon früh. Die

Geschäftsinhaber kamen einer nach dem anderen, mit Kaffee und Gebäck bewaffnet. Es fühlte sich an wie ein improvisiertes Nachbarschaftstreffen – wenn man die schwer bewaffneten Männer vor der Tür ignorierte, die immer noch das Gebäude sicherten.

«Die Versicherung hat sich gemeldet», verkündete Mira und wedelte mit einem Stapel Papiere. Ihre Augen waren gerötet, aber sie lächelte. «Sie übernehmen alles. Sobald Reicherts kriminelle Aktivitäten offiziell dokumentiert sind, werden alle Schäden reguliert.»

«Das gilt für alle betroffenen Geschäfte», fügte Weber hinzu. Er stand am Fenster, die Uniform makellos wie immer, aber etwas entspannter in seiner Haltung. «Die Staatsanwaltschaft behandelt den Fall mit höchster Priorität.»

Kemal hob seine Kaffeetasse.

«Auf das Ende eines Albtraums.»

«Und den Anfang von etwas Neuem», ergänzte Sara. Sie zwinkerte Zain zu, der an der Bar lehnte, Jays Hand fest in seiner.

«Apropos neu.» Mira räusperte sich. «Ich habe nachgedacht. Die Weinhandlung… sie war immer etwas altmodisch. Vielleicht ist es Zeit für ein Update. Das Viertel braucht mehr Leben. Mehr… » Sie suchte nach dem richtigen Wort.

«Zusammenhalt», schlug Jay vor.

«Genau.» Mira nickte. «Was Reichert nie verstanden hat – er konnte Gebäude kaufen, aber nicht das, was sie ausmacht. Die Menschen. Die Verbindungen.»

Weber trat vor.

«Ich muss los», sagte er. «Berlin braucht mich nicht mehr.»

«Sie könnten bleiben», sagte Sara. «Zum Essen. Zain kocht.»

«Nein.» Weber schüttelte den Kopf. «Es wird Zeit, dass ich… dass ich nach

Hause fahre. Sophie und Maria besuche.» Er holte tief Luft. «Zeit, richtig Abschied zu nehmen.»

Jay trat zu ihm. «Sir… »

«Nein.» Weber hob die Hand. «Keine Förmlichkeiten mehr. Sie haben gute Arbeit geleistet, Jespersen. Sie beide.» Sein Blick glitt zu Zain. «Passen Sie auf ihn auf, ja? Er ist einer der Besten.»

«Das weiß ich», sagte Zain leise.

Weber nickte ihnen ein letztes Mal zu, dann war er weg. Die Tür fiel leise hinter ihm ins Schloss.

«Also», sagte Kemal nach einem Moment. «Wer hilft mir morgen beim Streichen? Diese Einschusslöcher in der Wand sind nicht gerade geschäftsfördernd.»

«Ich», sagten mehrere Stimmen gleichzeitig.

«Wir alle», korrigierte Mira. «Das ist jetzt unsere Straße. Wirklich unsere.»

Jay zog Zain näher an sich. «Hörst du das?», murmelte er.

«Was?»

«Den Sound von Menschen, die nach Hause kommen.»

Zain lehnte sich an ihn und beobachtete, wie seine Freunde – seine Familie – Pläne schmiedeten, lachten, lebten. Reicherts Schatten verblasste mit jedem Moment ein bisschen mehr.

«Ja», flüsterte er. «Den höre ich.»

Eine Woche später stand Jay in Uniform vor dem Phoenix. Sein Rucksack lag im Kofferraum, die Papiere für seine Versetzung nach Berlin in der Tasche.

Noch ein letzter Einsatz mit seinem alten Team, dann würde er zurückkommen.

Für immer.

«Du siehst heiß aus in Uniform», sagte Zain und trat zu ihm nach draußen. Die Morgensonne ließ seine Augen golden leuchten. «Fast zu schade, dass du bald hauptsächlich Bürokleidung tragen wirst.»

«Die Uniform behalte ich», murmelte Jay und zog ihn näher. «Für… besondere Anlässe.»

Zain lachte leise.

«Ich werde die nächsten drei Wochen damit verbringen, das Restaurant zu renovieren. Wenn du zurückkommst…»

«Wenn ich zurückkomme, hilfst du mir, eine Wohnung zu finden.»

«Oder… » Zain zögerte. «Oder du ziehst hier ein. Die Wohnung ist groß genug für zwei.»

Jay erstarrte.

«Ist das… bist du sicher?»

«Nein.» Zain grinste. «Aber das macht es interessant, oder?»

Statt einer Antwort küsste Jay ihn. Mitten auf der Straße, in voller Uniform. Ein paar Passanten blieben stehen, aber das war ihm egal.

«Drei Wochen», sagte er schließlich. «Dann bin ich zurück.»

«Ich werde hier sein.» Zain strich über

Jays Uniform. «Mit einer Überraschung.»

«Was für eine Überraschung?»

«Das Restaurant… ich habe einen Namen dafür gefunden.»

Jay hob eine Augenbraue. «Und?»

«‚Leopard & Wolf‘.» Zain lächelte schüchtern. «Leopard stand als Name sowieso schon auf dem Plan, weil der persische Leopard ein wahrhaft königliches Tier und damit auch die Verbindung zu der ehemaligen Heimat meiner Eltern ist. Und ‚Wolf‘ war dein Codename im Einsatz, oder? Marco hat's mir erzählt.»

Jay spürte, wie sich seine Kehle zuschnürte. «Zain… »

«Zu kitschig?»

«Perfekt.» Jay küsste ihn noch einmal. «Wie du.»

Ein Hupen unterbrach sie. Marco saß am Steuer des Dienstwagens, ein breites Grinsen im Gesicht.

«Komm schon, Romeo! Die Basis

wartet!»

Jay seufzte.

«Ich muss… »

«Ich weiß.» Zain trat einen Schritt zurück. «Geh. Sei vorsichtig. Und Jay?»

«Ja?»

«Ich liebe dich.»

Die Worte waren so einfach, so selbstverständlich. Als hätten sie nie etwas anderes getan, als sich zu lieben.

«Ich liebe dich auch», sagte Jay. «Mehr als du ahnst.»

Er stieg in den Wagen, sein Blick nie von Zain weichend. Als sie losfuhren, stand Zain noch immer vor der Bar, eine Hand erhoben zum Abschied.

«Mann», sagte Marco grinsend, «ihr seid echt das kitschigste Paar, das ich je gesehen habe.»

«Halt die Klappe und fahr», brummte Jay, aber er lächelte dabei.

Drei Wochen. Dann würde er zurückkommen. Zu Zain. Zu ihrem gemeinsamen Leben.

Der Gedanke fühlte sich an wie ein Versprechen. Wie Heimat.
Wie Liebe.

Leopard & Wolf

«Das hängt schief», sagte Zain und starrte auf das große Schild über dem Eingang.

«Tut es nicht.» Sara stellte sich neben ihn auf den Bürgersteig. «Du bist schief. Vor Nervosität.»

Das neue Logo - ein stilisierter Leopard, der sich mit einem Wolf zu einer eleganten Silhouette verband - glänzte im Morgenlicht. Die letzten drei Wochen waren eine Mischung aus Renovierungsarbeiten, Behördengängen und endlosen Vorbereitungen gewesen.

«Er kommt erst heute Abend», sagte Sara sanft. «Du hast noch acht Stunden, um dich in den Wahnsinn zu treiben.»

Zain schnaubte.

«Ich treibe mich nicht in den Wahnsinn.»

«Nein? Du hast die Weingläser dreimal

umgeräumt.»

«Die Akustik im hinteren Bereich
ist… »

«Perfekt. Wie die Beleuchtung, die
Tischanordnung und die verdammten
Stoffservietten, die du seit einer Stunde
faltest.»

Sie hatte Recht, natürlich. Aber die
Nervosität hatte weniger mit dem
Restaurant zu tun als mit der Tatsache,
dass in wenigen Stunden ein
bestimmter Soldat nach Hause kommen
würde. Nach Hause - zu ihm.

Der Gedanke ließ sein Herz schneller
schlagen.

«Komm.» Sara zog ihn zurück ins
Restaurant. «Lass uns die Küche
checken.»

Das Innere des Lokals war kaum
wiederzuerkennen. Warme Kupfertöne
an den Wänden, dunkles Holz,
geschmackvolle orientalische Akzente.
Die offene Küche glänzte vor
Sauberkeit, bereit für den ersten

Service.

Mira steckte den Kopf zur Tür herein. Ihre neue Kurzhaarfrisur stand in alle Richtungen ab. «Die erste Weinlieferung ist da. Und Kemal fragt, ob er die zusätzlichen Tische für draußen vorbeibringen soll.»

Die gesamte Straße hatte sich in den letzten Wochen verändert. Wo früher heruntergekommene Läden waren, entstanden neue Geschäfte.

Miras Weinhandlung war jetzt eine stylische Weinbar, die perfekt zum gehobenen Ambiente des «Leopard & Wolf» passte.

«Wann kommt eigentlich Marco?», fragte Sara beiläufig. Zu beiläufig.

Zain grinste. «Gegen sechs. Mit Jay.»

«Oh.» Sara wurde rot. «Interessiert mich ja nicht, aber… »

«Natürlich nicht.» Er zwinkerte ihr zu. «Deswegen hast du auch nur dreimal nach ihm gefragt. Heute.»

«Halt die Klappe und check die

Küche.»

Die Küche. Sein Reich. Zain atmete tief durch, als er die blank polierten Arbeitsflächen betrachtete. Hier würde er Träume erschaffen, Geschichten erzählen, Traditionen neu interpretieren.

Sein Handy vibrierte.

«Noch 7 Stunden und 23 Minuten. Nicht dass ich zähle… - J»

Zain lächelte.

Die Sonne stand bereits tief, als Zain das letzte Mal durch das Restaurant ging. Alles war perfekt vorbereitet.

Das Klingeln der Eingangstür ließ ihn herumfahren.

«Geschlossen», rief er automatisch. «Die Eröffnung ist erst… »

Die Worte blieben ihm im Hals stecken. Jay stand im Eingang, noch in Uniform, eine Reisetasche über der Schulter. Hinter ihm Weber, in Zivil und mit einem entspannteren Gesichtsausdruck, als Zain je bei ihm gesehen hatte.

«Überraschung», sagte Jay leise.

Zain brauchte zwei Schritte, dann war er in Jays Armen. Der vertraute Geruch nach Jays Aftershave vermischte sich mit dem von frisch gewaschener Uniform.

«Du bist früh», murmelte er gegen Jays Hals.

«Konnte nicht länger warten.»

Weber räusperte sich diskret. «Ich schaue mich mal um, wenn Sie erlauben.»

Zain löste sich widerwillig von Jay.

«Natürlich. Sara müsste in der Küche sein, sie kann… »

«Ich finde mich zurecht.» Weber lächelte leicht. «Sie beide haben sicher… einiges zu besprechen.»

Als er in Richtung Küche verschwunden war, zog Jay Zain wieder an sich.

«Ich hab dich vermisst», flüsterte er. «So sehr.»

«Ich dich auch.» Zain strich über die

Uniform. «Wie lange kannst du sie noch tragen?»

«Die Uniform? Die gehört zu meinem Job als Ausbilder. Auch wenn ich sie seltener brauchen werde.» Jay grinste. «Enttäuscht?»

«Ganz im Gegenteil.»

Sie küssten sich, langsam und ausgiebig, als müssten sie die drei Wochen Trennung in einem Moment aufholen.

«Wie war der letzte Einsatz?», fragte Zain schließlich.

«Gut. Erfolgreich.» Jay strich ihm eine Locke aus der Stirn. «Aber das Beste war der Moment, als ich meine Versetzung unterschrieben habe. Ab morgen bin ich offiziell hier stationiert.»

«Morgen schon?»

«Mhm.» Jay sah sich um. «Das Restaurant sieht unglaublich aus. Fast so gut wie der Koch.»

Zain errötete leicht. «Warte, bis du die

Küche siehst. Und… » Er stockte. «Das
Schlafzimmer. Ich hab ein größeres Bett
gekauft.»

«Ein größeres Bett?» Jay zog ihn näher.
«Für was?»

«Für einen Soldaten mit
beeindruckender Statur, der ab heute
hier wohnt.»

«Ah.» Jays Lippen streiften Zains Ohr.
«Und dieser Soldat… hat er spezielle
Wünsche?»

Zain grinste. «Das hat er mir noch nicht
verraten.»

Weber tauchte hinter ihnen auf, ein
seltenes Lächeln im Gesicht. «Die
Küche ist beeindruckend», sagte er.

«Der ganze Laden ist es. Sie können
stolz sein.»

«Danke.» Zain löste sich von Jay, wenn
auch widerwillig. «Bleiben Sie zur
Eröffnung?»

Weber nickte. «Deswegen bin ich hier.
Das und… » Er holte etwas aus seiner
Tasche. Ein gerahmtes Foto. «Ein

Einweihungsgeschenk. Wenn Sie
erlauben.»
Das Bild zeigte eine junge Familie vor
einem Restaurant. Ein kleines Mädchen
auf den Schultern eines lachenden
Mannes, eine Frau, die in die Kamera
winkte.
«Sophie liebte diesen Ort», sagte Weber
leise. «Maria - meine Frau - auch. Es
war ihre Art von Lokal. Warm.
Einladend. Ein Ort, an dem Menschen
zusammenkommen.»
Zain nahm das Foto vorsichtig. «Wir
werden einen besonderen Platz dafür
finden.»
«Das… » Weber räusperte sich. «Das
würde mich freuen.»
Jay legte einen Arm um Zains Taille,
während sie zusahen, wie Weber das
Restaurant inspizierte, mit Sara über
die Weinauswahl diskutierte, sogar
einmal leise lachte.
«Er sieht gelassener aus, nicht mehr so
nervös. Als wäre er angekommen»,

murmelte Zain.

«Er war am Grab», sagte Jay leise.

«Zum ersten Mal seit zwanzig Jahren. Hat Abschied genommen. Richtig diesmal.»

Die Eröffnungsfeier war in vollem Gange.

Das Restaurant war bis auf den letzten Platz gefüllt, die Stimmung ausgelassen. Miras Weine flossen großzügig, während aus der Küche ein Duft nach persischen Gewürzen strömte, der die Gäste verzauberte.

Zain stand da und dirigierte sein Küchenteam mit ruhiger Autorität.

«Tisch 7!», rief er und reichte zwei perfekt angerichtete Teller weiter.

Jay, der seine Uniform gegen einen eleganten schwarzen Anzug getauscht hatte, lehnte am Eingang zur Küche und beobachtete ihn mit einem warmen Lächeln.

«Du siehst glücklich aus», sagte er, als Zain einen Moment durchatmen konnte.

«Bin ich auch.» Zain trat zu ihm. «Wie läuft's draußen?»

«Überraschungsgast an Tisch 12», grinste Jay. «Rate mal, wer Marco gerade seine Handynummer gibt?»

«Sara?» Zain spähte in den Gastraum, wo seine ehemalige Chefin tatsächlich verlegen mit Marco plauderte.

«Die beiden waren die ganze Zeit am Flirten», schmunzelte Jay. «Während wir mit Reichert kämpften.»

«Apropos kämpfen… » Zain senkte die Stimme. «Wie haben deine Kollegen reagiert? Auf uns?»

Jay zog ihn näher.

«Überraschend gut. Marco hat eine Wette gewonnen - sie hatten seit Monaten darauf gewettet, wann ich endlich jemanden kennenlerne. Die meisten von ihnen hatten schon lange vermutet, dass es keine Frau sein wird. Mein Geheimnis war also keines, sie haben nur darauf gewartet, dass ich es endlich zugebe. Mich sogar absichtlich herausgefordert mit dummen Sprüchen und ich habe es nicht einmal gemerkt.» Er grinste.

«Und die neue Stelle?»

«Perfekt.» Jay strich über Zains Rücken. «Drei Tage die Woche Training mit den Rekruten, zwei Tage Büro. Keine spontanen Einsätze mehr. Keine wochenlangen Abwesenheiten.»

«Klingt langweilig für einen Elitesoldaten.»

«Im Gegenteil.» Jay küsste seine Schläfe. «Klingt nach genau dem Leben, das ich will. Mit dir.»

Ein Räuspern unterbrach sie. Weber stand da, zwei Weingläser in der Hand.

«Meine Herren», sagte er. «Wenn Sie einen Moment haben? Ich würde gerne einen Toast aussprechen.»

Sie folgten ihm in den Gastraum. Die anderen Gäste bemerkten die kleine Bewegung, wurden still.

«Auf das Leopard & Wolf», begann

Weber. «Einen Ort, der aus den Trümmern der Vergangenheit entstanden ist. Einen Ort der Begegnung, der Hoffnung… » Er sah zu Jay und Zain. «Und der Liebe.»

«Der Liebe!», echoten die Gäste.

Kemal erhob sich. «Und auf unsere Straße! Die endlich wieder uns gehört!»

«Auf die Straße!»

Mira stand auf. «Auf neue Anfänge!»

«Neue Anfänge!»

Zain spürte Jays Hand in seiner, warm und fest. Um sie herum ihre Freunde, ihre Familie. Der Ort, an dem sie hingehörten.

«Tisch 9!», rief jemand aus der Küche.

«Die Arbeit ruft», murmelte Zain.

Jay küsste ihn kurz. «Geh. Zeig ihnen, was ein Sternekoch kann.»

«Ich bin kein Sternekoch.»

«Noch nicht.» Jay zwinkerte. «Aber ich habe da so ein Gefühl… »

Zain eilte zurück in die Küche, das Lachen und die Gespräche der Gäste

eine perfekte Begleitmusik zu dieser
Nacht der Anfänge.

Lange nach Mitternacht, als der letzte
Gast gegangen war, standen Jay und
Zain auf der kleinen Dachterrasse über
dem Restaurant. Die Lichter Berlins
glitzerten unter ihnen wie gefallene
Sterne.

«Müde?», fragte Jay und zog Zain an
sich.

«Erschöpft.» Zain lehnte sich zurück
gegen Jays Brust. «Aber auf die beste
Art.»

Unter ihnen räumte das Team die
letzten Spuren der Eröffnungsfeier weg.
Sara und Marco waren noch da, saßen
an der Bar und redeten leise.

«Es ist wirklich vorbei, oder?», fragte
Zain leise. «Die Sache mit Reichert, die
Angst… »

«Ja.» Jay küsste seinen Nacken. «Jetzt
kommen die guten Zeiten.»

«Die normalen Zeiten.»

«Ist das schlimm?»

Zain drehte sich in Jays Armen um.

«Nein. Normal klingt perfekt.» Er strich über Jays Anzug. «Auch wenn ich die Uniform vermissen werde.»

«Die kommt oft genug zum Einsatz.» Jay grinste. «Dienstlich und… privat.»

«Versprochen?»

«Versprochen.»

Sie küssten sich unter dem Sternenhimmel, der Geschmack von Wein und Erfolg und Zukunft auf ihren Lippen.

«Weißt du noch», murmelte Jay, «unsere erste Begegnung? Als dieser Typ in der Bar Ärger machte?»

«Wie könnte ich das vergessen? Mein persönlicher Held in Schwarz.»

«Ich wollte dich küssen. Schon damals.»

«Warum hast du nicht?»

«Weil ich Angst hatte.» Jay strich über Zains Wange. «Angst davor, was es bedeuten würde. Wer ich sein könnte, wenn ich mir erlaubte, dich zu lieben.»

«Und jetzt?»

«Jetzt weiß ich, wer ich bin. Wer wir sind.» Jay lächelte. «Ein Soldat und ein Restaurantbesitzer. Und ein Paar.»

«Klingt wie der Anfang einer Geschichte», sagte Zain.

«Nicht der Anfang.» Jay zog ihn näher. «Die Mitte. Der beste Teil.»

Von unten drang Saras Lachen herauf, vermischt mit Marcos tieferer Stimme. Der Duft von Safran und Kardamom schwebte durch die Nachtluft.

Irgendwo in der Ferne heulte eine Sirene - Berlin, ihre Stadt, schlief nie.

«Ich liebe dich», sagte Zain einfach.

Jay küsste ihn als Antwort, tief und innig, ein Versprechen in der Nacht.

«Ich liebe dich auch.»